가끔은 삶이 아프고 외롭게 할 때 Ⅱ

지금 우리는 36.5℃가 필요해

미래문화사

아름다운 나의 꿈, 나의 인생

우리 모두에게 보내는 뜨거운 삶의 메시지

●프롤로그●

귀중한 오늘을 살고,
지금 이 순간 행복하라

물질이 풍요로워지고 문명이 발달할수록 행복도 더 풍요로워져야 하는데, 삶은 오히려 그 반대입니다. 하루하루가 너무 힘들다고 말하는 사람들의 하소연이 발길 닿는 곳마다 슬픈 노래처럼 가슴을 아리게 한다는 것이 그것을 잘 말해줍니다.

그래서일까요, 자신을 행복하다고 여기는 사람보다 그렇지 않은 사람이 훨씬 더 많습니다. 그런 까닭에 이 세상에서 진정한 행복의 가치란 과연 무엇일까, 늘 생각해보곤 합니다. 그러고는 생각 끝에 머무는 것은 언제나 현재 삶의 가치관이 매우 잘못되었다는 결론입니다.

그것은 삶의 모든 가치를 물질에 두기 때문에 하루하루가 힘겨울 수밖에 없다는 생각입니다. 가진 사람들은 더 많이 가지려고 가난한 사람들의 몫까지도 제 것으로 삼으려고 수단과 방법을 가리지 않습니다. 가난한 사람들은 제 몫을 찾고 싶어 하지만 그 길이 쉽지만은 않습니다. 그러다 보니 하루하루 힘겨워하고, 절망하게 되고 삶은 행복이 아니라 고통이라고 여기게 됩니다. 참으로 안타깝고 마음이 아파 눈물이 나곤 합니다. 그러나 삶이 아무리 힘겹고 고통스러워도 자신의 행복을 포기해서는 안 됩니다. 행복을 포기한다는 것은 자신의 모든 것을 잃는 것입니다. 힘들고 고통스러워도 얼마든지 행복할 수 있습니다.

오늘, 지금 이 순간 내가 무엇을 하면 좋을지를 한번 생각해 보십시오. 내가 너무 멀리서 행복을 찾으려고 하는 것은 아닌지, 너무 높은 곳에만 눈길을 주고 있는 것은 아닌지를 곰곰이 생각해 보십시오.

어느 해 오월 산책을 하다 콘크리트 벽 사이로 고개를 내밀고 피어 있는 풀꽃을 보았습니다. 풀꽃을 보는 순간 저는 온몸에 전율을 느꼈습니다. 뜨거운 햇살과 비바람을 맞아가며 저 여린 풀꽃이 철옹성 같은 콘크리트 벽을 뚫고 피어나다니, 생명의 경이로움은 그 무엇으로도 형언할 수 없을 만큼 감동적이었습니다. 저는 그 자리에 서서 스마트 폰으로 사진을 찍고 시를 쓰기 시작했습니다.

그리고 그 시를 잡지에 발표했습니다. 제가 느꼈던 감동을 많은 사람들과 공유하고 싶었기 때문입니다. 그 시를 읽은 사람 중에 잘 읽었다며 감사 메일을 보내고 전화를 했습니다.

저는 참 행복했습니다. 제가 쓴 시가 힘든 나날을 살아가는 이들에게 작은 힘이 되고 행복이 되어주었기 때문입니다. 저는 가난하지만 시인이자 작가인 제가 너무 좋습니다. 그리고 생각했습니다. 저 또한 힘들고 어려워도 꿈을 주고 행복을 주는 글을 쓰자고, 그래서 더 많은 사람들이 어려움을 이기고 자신을 행복해하며 살아가는 데 작은 힘이라도 되어주는, 여리지만 강한 풀꽃 같은 시인이 되자고 말입니다.

행복은 물질에 있지 않습니다. 자신의 마음을 행복하게 하는 일에 있습니다. 그것이 봉사하는 일이든. 많은 돈을 버는 일이 아니더라도 즐거운 마음으로 기꺼이 해보세요. 마음이 풍족하면 소박한 음식도 진수성찬으로 여기게 되고, 주머니가 가벼워도 돈 많은 사람들이 부럽지 않습니다.

"마음이 풍족하면 비록 누더기를 걸치고도 따뜻하게 생각되고 나물 반찬으로 밥을 먹어도 맛있다고 한다. 인생을 즐기고 풍족하게 사는 점에서 이런 사람은 왕후보다도 풍족한 사람이다."

이는 《채근담》에 있는 말씀으로 진정한 삶의 행복이 무엇인지를 잘 알게 합니다. 마음을 풍족하게 하는 것, 그것이 진정으로 행복해지는 지혜입니다.

이 책에는 제가 일상생활에서 보고, 느끼고, 경험했던 그냥 지나칠 수 있는 작고 소박한 소재들을 글감으로 해서 쓴 글들로 가득합니다. 저는 작고 보잘것없는 것들을 통해 참 행복을 느꼈습니다. 그것들을 모아 꾸밈없이 소담스럽게 정성껏 글밥을 지었습니다. 이 글밥을 많은 분들과 함께 맛있게 나눠 먹고 싶습니다.

내일의 행복을 위해 살지 마십시오. 오늘, 지금 이 순간부터 행복한 내가 되십시오. 내일은 어떤 날이 전개될지 아무도 모릅니다. 오늘, 지금 행복한 내가 진정으로 행복한 것입니다.

이 책을 보는 모든 분들이 행복했으면 좋겠습니다. 아니, 반드시 행복하리라 믿고 또 믿습니다.

김옥림

Contents

| 귀중한 오늘을 살고, 지금 이 순간 행복하라 |

쉼

안식_위로_격려

사랑

행복_기쁨_마음

일상

자아_통찰_사색

사람

소통_배려_공감

쉼

안식_위로_격려

가끔은 그런 날이 있다

가끔은 마음이 공허해지고, 아무런 이유 없이 심란해지는 날이 있습니다. 책을 읽어도 눈에 들어오지 않고, 음악을 들어도 음악 소리가 귓등에서 맴돕니다.

평소엔 그렇게도 예뻐 보이던 꽃들도 아무것도 아닌 것처럼 생각되고, 맛있는 커피도 소태처럼 쓰디쓰게 느껴집니다. 모든 것이 낯설게 느껴지고 매사가 그저 시큰둥하게 여겨지지요.

사람 사는 일은 같은 상황에서도 기분이나 마음 상태에 따라 다르게 다가옵니다. 그런데 이를 망각할 때가 종종 있습니다. 그러다 보니 그런 날은 주변 사람들하고 자칫 말싸움을 하기도 하고, 가족에게 상처 주는 말을 하기도 합니다.

마음이 공허하고 심란해지는 날은 될 수 있는 대로 말 수를 줄이고, 혼자 조용히 생각하거나 마음이 시키는 대로, 몸이 시키는 대로 해보세요. 그러다 보면 자신도 모르는 사이에 공허하고 심란했던 마음이 사르르 풀리게 됩니다.

살아가는 일이 항상 똑같다면 사는 재미도 덜 할 거예요. 햇볕이 쨍하고 뜨는 날도 있고, 비 오는 날도 있고, 바람이 부는 날이 있어 자연이 일정하게 유지되듯, 사람 사는 일 또한 희로애락을 반복적으로 겪으면서 지금보다 나은 삶을 살아가게 되는 것이니까요.

바람이 아름다운 날엔

바람이 아름다운 날은 혼자 있어도 외롭지 않습니다. 바람이 나의 외로움을 달래주고, 자신의 아름다운 목소리로 나만을 위한 사랑의 세레나데를 불러주기 때문이지요. 아름다운 바람은 아름다운 목소리를 가져서 아무리 듣고 들어도 질리지 않는답니다.

바람이 아름다운 날엔 바람을 앞에 앉게 하고 바람과 커피를 나누어 마십니다. 바람과 나누어 마시는 커피는 아름다운 바람처럼 마음을 촉촉하게 적셔주니까요. 바람도 나와 커피 마시는 것을 매우 좋아합니다.

바람이 아름다운 날은 시가 되기도 하고, 노래가 되기도 하고, 그림이 되기도 하고, 민들레가 되기도 하고, 무지개가 되기도 하고, 뻐꾸기 울음소리가 되기도 하고, 갈대가 되기도 하고, 오색구름이 되기도 하고, 하얀 목련화가 되기도 하고, 노을이 되기도 하고, 풍경 소리가 되기도 하고, 쇼팽의 피아노 선율이 되기도 하고, 한강의 유람선이 되기도 하고, 덕수궁이 되기도 하고, 남산 한옥마을 한옥이 되기도 하고, 열두 줄의 가야금이 되기도 하고, 구름 한 점 없는 푸른 하늘이 되기도 합니다. 바람이 아름다운 날은 바람이 되어 잠시 지친 몸과 마음을 달래 보세요. 한 줄기 맑은 빛과 같은 생기가 심신을 포근히 감싸줄 것입니다.

인생의 양식

“시는 역사보다 더 철학적이고 근엄하며 중요한 무엇이 있다. 역사가 말해주는 것은 독특한 것들이지만, 시가 말해주는 것은 보편적인 성격을 띠고 있기 때문이다.”

이는 아리스토텔레스가 한 말로 시가 품고 있는 가치에 대해 말하고 있습니다. 아리스토텔레스가 말하는 역사보다 더 철학적이고 근엄하며 중요한 무엇이란 시가 인간에게 미치는 영향을 말하는데요. 역사가 우리에게 지난날을 통해 교훈을 준다면, 시는 가장 미적인 아름다움과 서정성으로 희망과 용기와 꿈을, 그리고 깨달음을 통한 삶의 지혜를 준답니다. 여기에 시의 가치가 있는 것이며 시를 읽어야 하는 까닭이 있는 것입니다. 삶이 힘들고 고통스럽다고 여길 땐 한 편의 멋진 시詩를 읽어 보세요. 사랑 시도 좋고, 삶의 용기를 주는 시도 좋고, 철학적 사색이 짙게 배어나는 시도 좋고, 희망을 주는 시라면 더더욱 좋습니다. 더불어, 소중한 사람에게 ‘잠 안 오는 밤에 읽어보세요’ 하는 쪽지 한 장 끼워 선물해보는건 어떨까요.

맑은 날 나는

맑은 날 나는,
한 그루 사과나무가 되고 싶습니다.

사과나무가 되어
삶에 지친 이들에게
알이 실한 사과와 그윽한 향기를
골고루 나누어주고 싶습니다.

맑은 날 나는,
한 그루 사랑나무가 되고 싶습니다.

사랑의 나무가 되어
노래가 되고, 시가 되고, 별이 되어
나보다 더 외로운 이들에게
사랑의 꿈이 되어주고 싶습니다.

웃음을 덤으로 주다

내가 가끔 사다 먹는 붕어빵 가게 주인은 40 중반쯤 된 남자입니다.

그는 항상 웃는 얼굴입니다. 그런 그를 보고 사람들이 뭐가 그렇게 좋아서 웃느냐고 물으면 "그냥, 웃으면 좋잖아요."라고 말하고는 연신 싱글벙글거립니다. 그는 잘 웃을 뿐만 아니라 누구에게나 친절합니다. 그러다 보니 그에겐 단골손님도 많습니다. 나부터도 잘 웃고 친절한 그에게 붕어빵을 사 먹고 싶으니까요. 그에게 붕어빵을 사 먹으면 그의 따뜻한 기운이 내게도 따뜻하게 미치는 것 같습니다. 그리고 그가 웃음을 덤으로 주어서 그런지 붕어빵 맛도 더 좋습니다.

그런 그도 사업에 실패하고 죽을 것처럼 절망한 적이 있다고 했습니다. 그런데 어느 날부터 웃기 시작했다고 하네요. 그랬더니 다시 살고 싶은 욕망이 생겨 붕어빵 장사를 시작했고, 이제는 하루하루가 마냥 즐겁다고 합니다.

웃으니까, 행복한 것처럼 슬퍼도 웃고, 괴로워도 웃고, 마음이 아파도 웃고, 고통스러워도 웃어보세요. 웃다 보면 그가 그랬듯이 슬픈 일도, 괴로운 일도, 마음 아픈 일도, 고통스러운 일도 다 사라지게 될 테니까요.

견디는 힘

광안리 대교를 화려하게
견디게 하는 것은
꼿꼿하게 바치고 선 교각이다.

부석사 무량수전을 고고하게
견디게 하는 것은
수백 년 묵은 싸리나무이다.

이 나라를 온갖 풍파에서
견디게 하는 것은
풀처럼 여리지만 강한 민중民衆의 결집이다.

견딘다는 건 스스로를 지켜낸다는 것
견딘다는 건 홀로 자신을 세운다는 것
그리하여 견딘다는 것은
그 어떤 흔들림 앞에서도
결코 쓰러지지 않는다는 것이다.

견디는 힘이란
전 생애를 떠받치고 가는
눈빛 맑은 영혼의 푸른 당나귀이다.

쇼펜하우어가 전해준 말

"하루도 자그마한 일생이다. 날마다 잠이 깨어 자리에서 일어남이 그날의 탄생이며, 시원한 아침마다 짧은 청년기를 맞는 것과 같다. 그러나 저녁 자리에 누울 때는 그날 하루의 황혼기를 맞는다는 것을 알아야 한다."

독일의 철학자 쇼펜하우어Schopenhauer의 말입니다. 그의 말에서 보듯 '하루'라는 시간을 쪼개어 보면 그것은 한 사람의 일생과도 같습니다. 하루하루가 모여 일주일이 되고, 한 달이 되고, 일 년이 되고, 십 년이 되고, 백 년이 되고, 천 년이 되고 먼먼 우주의 광년이 되는 것입니다.

그렇게 본다면 하루라는 시간은 참으로 보배로운 시간이 아닐 수 없습니다. 그러나 이 하루는 어떤 사람에게는 일 년같이 백 년같이 소중하지만, 어떤 사람에게는 바람에 날리는 먼지와 같이 무의미하기도 합니다.

하루를 소중하게 여기는 사람은 하루의 시간을 인생의 귀한 손님처럼 맞이하는 반면, 먼지처럼 여기는 사람은 시간을 지나가는 그저 그렇고 그런 객처럼 여긴답니다.

하루라는 시간은, 어떻게 사용하느냐에 따라 그 사람 인생의 빛깔이 달라집니다. 하루를 인생의 귀한 손님처럼 대접하는 사람의 인생은 밝고 환한 빛깔이지만, 지나가는 객으로 여기는 사람의 인생은 칙칙하고 우중충한 빛깔이지요.

자신의 인생을 밝고 환한 빛깔로 만들고 싶다면 시간을 귀한 손님으로 대접하십시오. 그것이 곧 자신을 스스로 귀하게 하는 지혜입니다.

나는 내 삶의 작가이다

"그대는 그대가 가진 노래를 부르라! 그대의 노래는 그대의 생명이다. 내일에 구하지 말고 오늘 그대에게 주어진 때를 흠뻑 노래하라! 밤하늘에는 별이 찬란하고 나뭇가지에는 새가 노래 부르고 있지 않은가. 노래하라! 그대의 영혼이 가르치는 그대의 노래를 부르라!"

이는 헤르만 헤세Hermann Hesse가 한 말로, 그는 인간의 본질적인 정신을 탐구하는 데 집중하여 문명의 기존 양식을 벗어나 인간을 다루고 있는 작품을 꾸준히 발표하여 노벨문학상을 받았습니다. 그는 자신에 대해 늘 엄격하였으며 그로 인해 자신을 허투루 하는 일이 없었지요.

헤르만 헤세가 말하는 자기의 노래를 부른다는 것, 그것은 곧 자기만의 개성있는 삶을 말하는 것입니다. 사람에겐 누구나 그 자신만이 가지고 있는 독특한 재능이나 특기, 성격이 있습니다. 이것은 만들어진 것이 아니라 태어날 때부터 타고난 것입니다.

그런데 요즘 우리 교육의 현실을 보면 획일화되어 도무지 개성적인 성향이라고는 찾아보기 힘들 정도입니다.

그러다 보니 모든 학문은 돈 버는 일만 좇고 있습니다. 기초 인문학, 사회학, 과학이나 예술 같은, 말하자면 인간의 삶에 있어 가장 근원적이라고도 할 수 있는 학문은 뒷방 신세가 되고, 돈 버는 기술을 가르치는 학문만이 날로 기승을 부립니다.

자기의 삶을 살아야 하는데 모든 사람이 자신의 개성을 무시한 채, 남이 하니까 나도 한다는 부화뇌동附和雷同의 삶에 취해 있습니다. 지각이 있는 사람이라면 이러한 몰개성적이고 무개성적인 삶으로부터 떨어져 나와야 합니다. 그리고 자신만의 삶을 찾아가는 열정으로 자신을 혁신시키는 일에 열중해야 하겠습니다.

자신을 위해주고 격려하는 사람

자신을 사랑하고 존중하는 사람은 생각 자체가 매우 긍정적입니다. 매사를 낙관적으로 생각하고 막힘이 없지요. 그러나 자신을 무시하고 함부로 대하는 사람은 만사를 부정적으로 생각하고 두려워합니다. 어떤 순간에도 자신을 존중하고 사랑하는 것을 그만두어서는 안돼요. 자신을 행복하게 하는 일에 열중하고, 아직도 할 수 있는 일이 있다는 것에 대해 날마다 감사하세요. 그리고 만나는 사람마다 친절하게 말하고 행동하세요. 그러면 더 큰 친절이 되어 돌아옵니다.

행복한 사람은 불만에 사로잡히지 않으며, 남의 불행을 기뻐하지 않고, 남의 흉허물을 들춰내지 않으며, 행복한 일만 생각하며 노력하고 힘씁니다. 행복은 행복의 가치를 아는 사람에게 따뜻한 미소로 다가가지요. 충만하고 행복한 내가 되는 길은 오직 자신을 위해주고, 격려함으로써 자신이 추구하는 일에 최선을 다하는 것입니다.

뜨겁게 인생을 사랑하는 법

사랑하라,
한 번도 이별하지 않은 것처럼

행복하라,
한 번도 불행하지 않은 것처럼

감사하라,
한 번도 은혜를 저버리지 않은 것처럼

기뻐하라,
한 번도 슬퍼하지 않은 것처럼

축복하라,
한 번도 부족하지 않은 것처럼

인정하라,
한 번도 무시하지 않은 것처럼

배려하라,
한 번도 외면하지 않은 것처럼

인생은 소풍처럼

인생이 즐겁지 않다고 말하는 사람들이 많습니다. 그 이유는 되는 일이 없다는 것이지요. 충분히 이해가 가는 말입니다. 되는 일이 없으면 매사에 자신감이 떨어지니까요. 그러니 인생을 즐겁지 않게 여기는 것은 당연한 일입니다.

인생을 즐겁게 사는 사람들을 보면 돈이 많거나 좋은 환경을 가진 사람들이 아닙니다. 그들은 넉넉지 않은 삶에도 즐기며 사는 법을 알지요.

그 비결은 무엇일까요.

그것은 인생의 가치를 물질에 두지 않고, 자신이 하는 일에 둔다는 것입니다.

"나는 평생 하루라도 일을 하지 않았다. 그것은 모두 재미있는 놀이였다."

토머스 에디슨의 이 말은 일을 놀이처럼 즐겼음을 말합니다. 그가 천 가지가 넘는 발명품을 발명할 수 있었던 비결이 바로 여기에 있습니다. 만일 그가 일을 위한 일을 했다면 천 가지가 넘는 발명품을 발명하지 못했을 겁니다. 그것은 때때로 크나큰 고통이 되어 그를 괴롭혔을 것이기 때문입니다. 그러나 그는 일을 놀이처럼 즐겼기에 자신이 원하는 것을 발명함으로써 인류 공영에 이바지하였고, 존경받는 인물이 될 수 있었던 것입니다.

자신이 하는 일을 즐겁게 하는 것, 이것이 자신의 인생을 즐겁게 사는 비결입니다.

나의 가치를 한껏 끌어올리기

"최근에 나는 한참 동안 숲속을 산책하고 방금 돌아온 친구에게 무엇을 보았냐고 물어본 적이 있다. 그녀는 '별로 특별한 게 없었어.'라고 말했다. 한 시간 동안이나 숲속을 산책하면서 아무것도 주목할 만한 것이 없다니 그럴 수가 있을까. 나는 자신에게 물어보았다. 아무것도 볼 수가 없는 나는 단지 감촉을 통해서도 나를 흥미롭게 해주는 수많은 것을 발견한다. 나는 잎사귀 하나에서도 정교한 대칭 미를 느낀다. 은빛 자작나무의 부드러운 표피를 사랑스러운 듯 어루만지기도 하고 소나무의 거칠고 울퉁불퉁한 나무껍질을 더듬어 보기도 한다. 때때로 이러한 모든 것들을 보고 싶은 열망에 내 가슴은 터질 것만 같다. 단지 감촉을 통해서도 이처럼 많은 기쁨을 얻을 수 있는데 볼 수만 있다면 얼마나 더 많은 아름다움을 발견할 수 있을까. 내일이면 눈이 멀지도 모른다는 생각으로 당신의 눈을 사용하라. 내일이면 귀가 먹게 될 사람처럼 음악을 감상하고, 새들의 노랫소리를 듣고, 오케스트라의 멋진 하모니를 음미하라. 내일이면 다시는 냄새도 맛도 느끼지 못하는 사람처럼 꽃들의 향기를 맡아보고, 온갖 음식을 한 스푼 두 스푼 맛보도록 하라."

이는 헬렌 켈러가 한 말로 그녀가 산책을 하고 온 친구에게 무엇을 보았느냐고 물어보았지만, 친구는 별로 특별한 게 없다고 말합니다. 친구의 말은 헬렌 켈러에게 부정적으로 다가옵니다. 자신은 볼 수 없는 데도 감촉을 통해서 자신을 흥미롭게 해주는 수많은 것을 발견한다고 말합니다. 그리고 잎사귀 하나에서도 정교한 대칭 미를 느끼고, 은빛 자작나무의 부드러운 표피를 사랑스러운 듯 어루만지기도 하고, 소나무의 거칠고 울퉁불퉁한 나무껍질을 더듬어 보기도 한다고 말합니다. 여기서 중요한 사실을 발견하게 되는데요. 헬렌 켈러와 친구의 생각이 얼마나 다른지를 극명하게 알 수 있습니다. 헬렌 켈러는 보지 못하지만, 감촉만으로도 많은 것을 느낀다고 말합니다. 그리고 볼 수 있다면 더 많은 아름다움을 발견할 수 있을 거라고 말합니다. 보지 못하고, 듣지 못하고, 말하지 못하는 삼중고를 겪으면서도 이처럼 긍정적일 수 있다는 것은 그녀가 얼마나 자신의 가치를 존중하는지 알 수 있습니다. 헬렌 켈러가 사회사업가로서 작가로서, 진취적인 혁신가로서의 삶을 성공적으로 살 수 있었던 것은 자신의 가치를 한껏 끌어올려 수많은 사람에게 보여주었기 때문입니다. 가치성을 지닌다는 것은 이처럼 매우 중요합니다. 가치성을 지니느냐 그렇지 못하느냐에 따라 인생은 완전 극과 극으로 나타나기 때문이지요.

어른이 된다는 것

"인생은 과정의 연속이다. 인생을 사는 동안 때로는 남들에게 주목받기도 하고, 자신의 삶을 축하하는 시기를 갖기도 한다. 인간은 이런 변화와 경험으로 자신이 현재 어떤 위치에 있는지 생각하게 된다. 어른이 되는 과정은 더 특별한 의미가 있다. 영원히 어린이로 남을 수 있는 사람은 아무도 없다. 완전한 인간이 되기 위해서는 반드시 직면하고 맞서야만 하는 책임들이 있기 때문이다. 과정의 관례를 거부하며 모든 책임에서 벗어날 수도 있지만, 그것은 완전한 사람을 거부하는 것과 같다. 인생은 정체되어 있지 않고 계속 흘러가며 우리는 그 흐름을 멈추게 할 수 없다. 매 순간 같은 장소로만 흘러갈 수 없는 강물과도 같은 것이다. 그러므로 우리는 인생과 함께 흘러가는 법을 배워야 하며 삶의 흐름을 막는 것들을 현명하게 피할 줄 알아야 한다."

미국의 심리학자 바바라 골든이 한 말로 인생을 한마디로 정의해서 '과정의 연속'이라고 했습니다.

그가 누구든 삶을 추적해보면 삶의 목적과 그것을 이루려는 방법의 차이만 있을 뿐 과정은 대개 비슷하다는 걸 알 수 있습니다. 태어나면 유아기를 거치고 아동기를 거쳐 청소년기를 맞습니다. 그리고 청년기를 거쳐 장년기, 그리고 노년기를 맞이하게 됩니다.

이렇듯 인생이란 수많은 과정을 거치면서 성숙해짐은 물론 자신이 원하는 길을 가게 됩니다. 인생을 살아가는 동안 그 어떤 일을 만나더라도 그것은 자신이 마땅히 거쳐야 할 과정이라고 생각해보십시오. 그러면 그 어떤 어려운 일을 맞닥뜨리게 되더라도 두려움 없이 그 일을 헤쳐나가게 될 것입니다.

꽃이 사랑받는 건

자갈밭이든 음지에서든
메마르고 척박한 땅에서도 꽃은 핍니다.

진정으로 강한 것은
물이든 공기든 부드럽고 유연합니다.

꽃이 약하지만 강한 것은
부드럽고 유연하고
자신을 드러내지 않으면서도
향기를 전해주기 때문입니다.

사막에서든 산비탈이든 시궁창이든
그 어디에서든 꽃은 핍니다.

꽃이 사랑받는 건
자신의 고통을 딛고
사랑으로 피어나기 때문입니다.

풀꽃

어느 날 산책을 하다 단단한 콘크리트 틈으로 활짝 피어난 풀꽃을 보았습니다. 풀꽃을 보는 순간 뜨거운 것이 가슴 깊은 곳으로부터 올라와 온 마음을 뒤흔들어 놓았습니다. 나는 그 자리에 멈추어 서서 스마트 폰으로 사진을 찍고는 예쁜 아가를 보듯 풀꽃을 바라보았습니다. 보면 볼수록 풀꽃은 그 어떤 꽃보다도 예쁘고 아름다웠습니다.

작고 여린 풀꽃이 견고한 콘크리트를 뚫고 꽃을 피웠다는 것은 경이로우면서 감동으로 다가왔습니다. 그것은 생명의 존귀함을 보여주는 생생한 증명과도 같았기 때문이지요.

사람이나 풀꽃이나 생명은 모두 소중합니다. 살아있다는 것은 거룩한 종교와 같이 엄숙하고 경탄스러운 일이니까요.

소중함에 대하여

자존감自尊感은 최악의 순간에도 자신을 지키는 마음입니다. 그래서 자존감을 지키며 산다는 것은 귀한 보석을 몸에 지니는 것보다 값진 일이지요. 그런데 자존감의 소중함을 잊고 살아가는 경우가 많습니다. 그러다 보니 작은 일에도 힘겨워하고, 자신을 함부로 여기며 하루하루를 삽니다. 그 어느 때라도 자존감을 잃어서는 안 됩니다. 자존감은 곧 자신이자 목숨과도 같은 것이니까요. 자존감을 잃지 않기 위해서는 자신을 아끼고 존중하고 격려해야 합니다. 그리고 날마다 거울을 보며 이렇게 말해보세요.

"나는 세상에서 가장 중요한 사람이다. 나는 나를 지킬 의무와 책임이 있다. 나는 행복한 나로 살아야 할 권리를 결코 포기하지 않을 것이다." 어쩌면 이 말이 단순한 것처럼 보일지도 모릅니다. 그러나 날마다 자신에게 다짐하듯 암시를 준다면 내면 깊숙이 뿌리를 내려 어떤 상황에서도 자신을 소중히 여기게 될 것입니다.

우리가 기다림 끝에서도 잊지 못하는 것은

우리가 삶의 뒤편
기다림 끝에서도
내일을 태양처럼 잊지 못하는 것은

아직은 못다 핀 소망의 꽃이
보이지 않는 그 순간까지도
우리를 기다리기 때문입니다.

마음속 괴물에게

사람의 마음속에는 괴물이 살고 있습니다. 이 괴물은 각기 그 사람의 마음 변화에 따라 모습을 달리합니다. 아무렇지도 않은 괴물로 차분히 있기도 하고, 포악하고 흉측한 괴물이 되기도 하니까요.

사람이 무던하고 인간관계가 무난하면 그 사람의 마음속 괴물은 차분하고 조용하게 지냅니다. 그러나 성깔을 부리고 제멋대로 굴면 포악성을 드러내기 시작합니다. 악독함을 드러낸 괴물은 상대를 공격하고, 마음에 상처를 주고, 고통을 줌으로써 상대를 곤경에 처하게 합니다. 이는 상대에게나 주변 사람들에게 악영향을 끼치는 일로 자신을 깎아내리는 어리석은 일이 아닐 수 없습니다.

맹자의 성선설이나 순자의 성악설은 그들 관점에서는 일리가 있겠으나, 인간의 본성은 선과 악 두 가지를 다 가지고 있습니다. 마음의 중심을 선에 가까이하면 선한 행동을 하게 되고, 악에 가까이하면 악한 행동을 하는 것입니다.

마음속의 괴물이 포악성을 드러내지 않기 위해서는 괴물에게 지지 않아야 합니다. 아무리 아우성치며 난폭하게 굴어도 절제하고 견뎌내면 괴물은 지쳐서 이내 포기하고 말지요.

마음속 괴물에게 휘둘리지 말고, 자신의 의지대로 조절할 줄 알아야 합니다. 그것이 자신을 스스로 행복하고, 복되게 하는 일이니까요.

위하는 삶

연로한 노인이 정원에 나무를 심고 있었습니다. 때마침 그곳을 지나가던 나그네가 그것을 보고 물었습니다.

"어르신께선 언제 그 나무에서 열매를 거둘 수 있으리라 생각하십니까?"

노인은 70년쯤 지난 뒤에야 결실을 볼 수 있을 것이라고 대답했습니다. 나그네는 다시 물었습니다.

"어르신께서 그때까지 사실 수 있겠습니까?"

그러자 노인은

"아니, 그렇지 않네. 그러나 내가 태어났을 때 과수원에 있는 많은 유실수엔 열매들이 풍성하게 달려 있었다네. 이는 아버님께서 채 태어나지도 않은 나를 위해 나무를 심어 놓으셨기 때문이지. 그와 똑같은 일이라네."하고 말했습니다.

이는 《탈무드》에 나오는 한 대목입니다. 나는 이 글을 읽고 맑은 행복을 느낄 수 있었습니다.

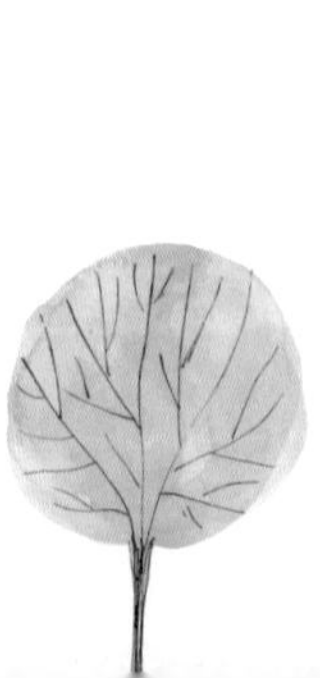

현대인들은 대개가 급한 마음을 가지고 있습니다. 하루가 다르게 변하는 세상에서 그 속도를 따르자니 생겨난 당연한 습성인지도 모릅니다. 그래서 '빨리빨리'라는 말이 유행처럼 번지고 있고, 그렇지 못한 사람을 보고는 시대에 뒤떨어진 사람이라고 핀잔을 주기 일쑤입니다. 이런 인간관계에서는 남보다 자신이 먼저일 수밖에 없고, 또한 모든 것이 자기중심적일 수밖에 없습니다. 그러다 보니 현재의 일에 초점을 맞출 수밖에 없고, 나중 일에 대해서는 그다지 관심을 두려고 하지 않는 것 같습니다.

자신의 아버지가 태어나지도 않은 자신을 위해 나무를 심었던 것처럼 자신도 앞으로 태어날 새 생명을 위해서 나무를 심는다는 노인의 말은 커다란 감동으로 다가옵니다.

마음의 가시

사람들은 누구나 마음속에 가시를 품고 삽니다. 미움의 가시, 질투의 가시, 시기의 가시, 불평불만의 가시, 고자질 가시, 흉보기 가시, 험담하기 가시, 오만의 가시 등 저마다의 가시를 품고 있습니다.

어떤 이들은 이들 가시를 마음속에 품고 있되 밖으로 드러내지 않으려고 조심 또 조심합니다.

그러나 자신의 감정을 억제하지 못하고 날카로운 가시를 드러내 상대에게 상처를 주고, 자신에게도 상처를 남기는 이들도 있습니다. 그것이 얼마나 서로에게 불필요한 일이며 아픔을 주는지에 대해서는 잘 생각하지 않으려고 합니다.

지금 우리 사회는 가시를 날카롭게 드러내며 상처를 주는 사람들로 가득합니다. 온갖 '갑질'을 일삼는 사람들로 인해 수많은 '을'들이 고통스러워하면서도 꾹꾹 참으며 수모를 견뎌내고 있습니다. 그런데도 갑질을 멈추지 않습니다.

당하는 사람들은 어쩔 수 없어 당하지만 그들의 마음속에 들어있는 가시는 점점 더 날카로움을 더해갑니다. 참는 것도 한도가 있는 법이니까요. 만일 이들의 가시가 더는 마음속에 머물지 않고 밖으로 나온다면 사회는 큰 혼란에 빠질 수도 있습니다.

가시란 그 어떤 것도 아픔이며 상처를 줍니다. 이런 가시를 마음속에서 뽑아버려야 합니다. 그렇게 될 때 우리의 삶은 따뜻하고 행복하게 될 테니까요.

화개 花開

햇살 눈부시게 푸른 가을날 기차를 타고 풍기로 갔습니다. 날이 화창해서일까, 사춘기 소년처럼 가슴이 설레었습니다. 첫사랑을 만나러 갈 때처럼 콧노래가 절로 났답니다. 시집을 펼쳐 들었지만 내 눈은 차창 밖으로 향해 있었지요. 나무, 들꽃, 풀, 산 밑에 옹기종기 모여 있는 집 등 보이는 것마다 한 편의 시였습니다. 풍기역에서 내려 10여 분쯤 기다려 버스를 타고 우리나라 최초의 사액서원인 소수서원으로 향했습니다. 시골길을 달려가는 버스의 열린 차창으로 시원한 바람이 불어왔습니다. 상큼한 가을바람이 폐부 깊숙이 닿자 온몸이 싱그러워지는 것처럼 상쾌했습니다. 여기저기 들판 가득히 입술보다도 붉은 사과가 타는 가을볕에 반짝였습니다. 보는 것만으로도 행복했지요. 차에서 내리자 수많은 사람으로 북적였습니다. 어린이부터 세대를 가리지 않고 몰려든 사람들은 사람이 아니라 마치 활짝 핀 꽃이었습니다. 그 숱한 꽃송이들에 파묻혀 나 또한 활짝 핀 한 송이 꽃이 되었지요.

내 인생의 CEO

사람은 누구나 자기 인생의 CEO가 되어야 합니다. 각 개개인은 그 사람만의 특기와 재능이 있습니다. 그 능력을 최대한 가동해 자신의 인생을 만들어 가야 합니다. 그렇게 볼 때 한 사람은 그냥 한 사람이 아니라 그 사람의 역사입니다. 자신의 역사를 화려하게 쓰느냐, 그냥 되는대로 쓰느냐는 오직 자신에게 달려 있습니다. 그런데 가난한 부모를 탓하고, 스승을 탓하고, 친구를 탓하고, 사회를 탓하고, 나라를 탓한다는 것은 비겁한 일이며 스스로 자신의 무능을 인정하는 일입니다. 탓하지 마세요. 그것은 아주 저급한 일이며 자신을 소인으로 만드는 일입니다. 왜 자신을 대인으로 만들지 못하고 소인이 되게 하려는지요. 내 인생은 내가 CEO이고 내가 임직원입니다. 남의 떡이 큰 것을 부러워하지 말고 자신의 떡을 크게 만들어야 합니다. 잘 돼도 내 인생, 안 돼도 내 인생입니다. 절대 남을 탓하거나 의지하려고 하지 마세요. 자신의 인생을 당당하게 끌어 올려 최고의 인생 CEO가 되어보세요.

눈물을 삼키는 법

울고 싶을 땐 울어야 합니다. 의학적으로도 울고 싶을 때 울고 나면 몸과 마음이 더 맑고 건강해진다고 합니다. 그런데 울지 말아야 할 때가 있습니다. 이럴 때 운다는 것은 자신을 스스로 못나게 하는 일이며, 약하게 만듭니다.

누구나 살아가다 보면 죽고 싶을 만큼 힘들 때가 있습니다. 모든 것을 포기하고 싶은 마음이 들지요. 어떤 사람들은 이를 견디지 못하고 자신의 삶을 포기합니다. 이는 자신은 물론 사랑하는 가족과 친구들, 주변 사람들에게 고통과 아픔을 남깁니다.

그러면 왜 이런 일이 생기는 걸까요. 그것은 '눈물을 삼키는 법'을 잘 모르기 때문입니다. 눈물을 삼키는 법은 눈물을 이기는 것입니다. 아무리 힘들고 고통스러워도 끝까지 이겨내는 것이 눈물을 삼키는 법입니다.

르네상스의 대표적인 화가이자 건축가, 조각가인 미켈란젤로는 어린 시절 어머니를 여의고 가난한 행정관인 아버지 슬하에서 자랐습니다. 아버지는 아들이 공부에 정진해 고급관리가 되기를 바랐지만, 미켈란젤로는 미술하기를 바랐습니다. 이에 화가 난 아버지는 아들을 매질하며 못하게 막았지만, 미켈란젤로는 미술을 향한 열정을 버리지 않았습니다. 그는 피렌체의 메

디치 가문이 세운 조각학교에 입학해 조각에 전념하였습니다. 미켈란젤로는 역사상 가장 뛰어난 천재예술가로서 높이 평가받고 있지만, 그 이면에는 이루 말로 다 할 수 없는 가난으로 인한 물질적 고통과 사사건건 물고 늘어지며 방해를 일삼았던 브라만테의 만행과 교황의 지나친 간섭 등으로 인한 심적 고통에 시달려야 했습니다. 예술가가 자신이 하고 싶은 것을 방해받는 것처럼 고통스러운 일은 없습니다. 미켈란젤로는 그 쓰라린 삶의 고통을 작품에 대한 열정으로 이겨냈습니다. 눈물을 삼키는 법을 잘 알았기 때문이지요. 만일 그가 눈물을 삼키는 법을 몰랐더라면 후세에 찬란하게 빛나는 그의 역사는 없었을 것입니다.

누구에게나 삶의 고통은 피해갈 수 없는 인생의 반갑지 않은 손님입니다. 그러나 반갑지 않다고 피해갈 수 없는 것 또한 고통이란 인생의 손님입니다.

"의지가 굳고 기력이 있어 무슨 일에도 굴하지 않는다."

이는 《논어論語》의 〈자로편子路篇〉에 나오는 강의목눌剛毅木訥이란 사자성어로 인간에게 있어 의지의 중요성을 잘 알게 해줍니다. 눈물을 이기는 것은 그 어떤 고통도 굳은 의지와 용기로 이겨내는 것입니다. 이것이 눈물을 삼키는 법입니다.

어떻게 성장하는가

한 사람의 삶이 하나의 거목으로 자라기 위해서는 많은 노력이 필요합니다. 모든 것이 잘 갖춰진 상태에서는 좀 더 쉽게 자신의 꿈을 향해 나갈 수 있겠지요.

그러나 여러 가지로 부족하고 어려워도 자신의 꿈을 아름답게 키워 거목이 된 사람들은 동서고금을 통해 얼마든지 있습니다. 그들은 자신의 어려운 형편을 불평하지 않았습니다.

마땅히 자신들이 짊어지고 가야 할 인생의 과제라고 여겼지요. 그래서 그들은 뼈를 도려내는 고통에도 쓰러지지 않고 끝까지 버텨내며 자신의 길을 묵묵히 걸어갔습니다.

또한, 슬픔과 외로움도 묵묵히 이겨내며 이 길만이 내가 살 길이라고 생각하며 걸어간 것이지요. 이렇듯 삶은 아픔과 고통 속에서 더욱 단단해지는 것입니다. 그런데 아픔과 고통이 버겁다고 벗어나려 든다면 그것은 스스로 자신의 성장을 막는 것과 다르지 않습니다.

그런데도 아픔과 고통을 피해 양지쪽으로만 가려고 하나요. 이는 자신의 인생을 수월하게 할지는 몰라도 마이너스적인 일입니다.

자신이 원하는 것을 얻기 위해서는 그 어떤 상황에서도 노력을 회피해서는 안 됩니다. 또한, 포기해서도 안 됩니다. 어떤 상황에서도 노력을 다하는 것, 그것이야말로 자신의 삶을 아름답게 성장시키는 기회이니까요.

걱정이란 함정

기인지우杞人之憂라는 말이 있습니다. 중국 기나라 사람의 쓸데없는 걱정을 뜻하는 말로, 지나친 근심을 일러 하는 말이지요. 이를 줄여 기우杞憂라고도 합니다. 이 말처럼 걱정을 사서 한다는 말이 있습니다. 이 또한 하지 않아도 될 쓸데없는 걱정을 사서 하는 것을 빗대서 하는 말이지요. 걱정이 사람에게 미치는 영향은 매우 위험성을 안고 있습니다. 쓸데없는 걱정에 매이다 보면 걱정의 사슬에 묶여 빠져나올 수가 없기 때문이지요.

걱정이란 녀석은 매사를 부정적으로 생각하게 하고, 충분히 할 수 있는 것도 포기하게 만듭니다. 또한, 건강에 치명적인 결함을 가져와 몸과 마음을 피폐하게 만들지요. 걱정은 그 어떤 것에도 전혀 도움이 되지 않습니다.

자기 계발 동기 부여가로 유명한 노만 빈센트 필 박사는 마음으로부터 '걱정을 몰아내는 방법 10가지'를 정리하여 제시하였습니다.

"첫째, 걱정은 매우 위험한 마음의 습관이다. 나는 어떤 습관도 변화시킬 수 있다고 자신에게 다짐하라. 둘째, 사람들은 걱정을 함으로써 걱정의 노예가 된다. 독실한 신앙의 습관을 들여라. 그렇게 될 때 걱정에서 벗어날 수 있다. 모든 힘과 의지를 다 해 신앙의 습관을 실천하라. 셋째, 매일 아침 잠자리에서 일어나 "나는 나를 믿는다."라는 말을 세 번씩 소리 내어 외쳐라. 넷째, 오늘 하루를, 내 생명을, 내가 사랑하는 사람을, 나의 일을 신의 손에 맡겨라. 신의 손엔 악함이 없다. 신의 손엔 선함뿐이다. 어떤 일이 일어난다고 해도, 무엇이 되더라도, 내가 신의 손안에 있다면 그 무엇도 두려워하지 마라. 다섯째, 소극적으로 말하지 말고 적극적으로 말하라. 항상 적극적인 행동과 긍정적인 말만 하라. 그 어떤 일도 적극적으로 행하라. "오늘 재수 없는 날이 될 것 같다."라는 말 대신 "오늘은 즐거운 날이 될 것이다."라고 말하라. 여섯째, 대충대충 말하고 일하지 마라. 비판적인 말이나 행동을 하지 마라. 압박감을 주는 분위기를 조성하지 말고 희망과 행복을 느끼도록 말하고 행동하라. 일곱째, 걱정이 많은 사람 마음엔 우울함, 패배감, 부정적인 생각으로 꽉 차 있음을 알 수 있다. 이것을 마음으로부터 몰아내고 행복과 희망적이고 긍정적인 생각으로 가득 채워라. 여덟째, 희망으로 가득 찬 사람과 교류하라. 창조적이고 낙관적인 사람과 소통하라. 긍정적이고 능동적으로 행동하라. 그리고 그런 사람을 자신의 주변에 배치하라. 아홉째, 걱정으로 힘들어하는 사람을 도와주라. 남을 도와줌으로 그 걱정에서 해방될 수 있음을 믿어라. 남을 도와주다 보면 자신의 마음에도 용기와 희망이 싹트는 것이다. 열 번째, 매일 자신이 예수그리스도의 협력자가 되어 살아간다고 생각하라. 그리고 예수께서 자신의 곁에서 함께 한다고 믿어라. 모든 것은 믿는 대로 됨을 믿어라."

필 박사가 제시하는 걱정을 몰아내는 10가지 방법은 긍정을 바탕으로 하고 있습니다. 필 박사가 제시하는 방법을 바탕으로 하여 어떤 난제를 만나게 되더라도 당황하여 걱정하지 말고, 담대한 마음으로 자신을 강화해야 합니다. 걱정이란 녀석은 마음이 담대한 사람에게는 힘을 쓰지 못하니까요. 언제나 마음을 가다듬어 담대히 하고 강건히 하는 것, 그것이야말로 걱정이란 함정에 빠지지 않는 최선의 방책이랍니다.

케니지의
모멘트와 함박눈

눈 내리는 2월 어느 날 오후 케니지의 모멘트를 듣습니다. 감미로운 테너 색소폰 선율이 오디오를 미끄러지듯 빠져나와 작업실을 은은히 맴돌며 귓등을 적시더니 가슴속으로 파고듭니다. 순간, 촉촉이 와 닿는 선율에 놀라 읽던 시집을 잠시 내려놓고 창밖을 보니 함박눈이 내립니다. 지나가는 사람들도, 길가에 세워둔 차들도, 앙상한 나무들도 눈을 하얗게 덮어쓴 채 내리는 눈을 맞고 있었습니다. 정갈한 한 편의 서경시와도 같은 맑은 풍경에 내 입에선 탄성이 절로 나왔습니다. 혼자 보기가 너무 아까워 사랑하는 사람들과 한 잔의 차를 마시며 함께 오래도록 바라보고 싶었습니다. 케니지의 모멘트를 몇 번이고 반복해서 듣습니다. 그러는 동안에도 함박눈은 사랑하는 사람 해맑은 함박웃음처럼 하늘 가득 내립니다. 가슴이 따뜻해져 오며 눈가에 물기가 고입니다. 참 평안하고 고요한 오후입니다. 살아있음만으로도 눈물 나게 좋은 날입니다.

겨울밤 하늘

겨울밤 하늘은
쓸쓸해서 아름답습니다.

겨울밤 하늘은
적막해서 고혹적입니다.

겨울밤 하늘은
텅 빈 듯하여 더욱 충만합니다.

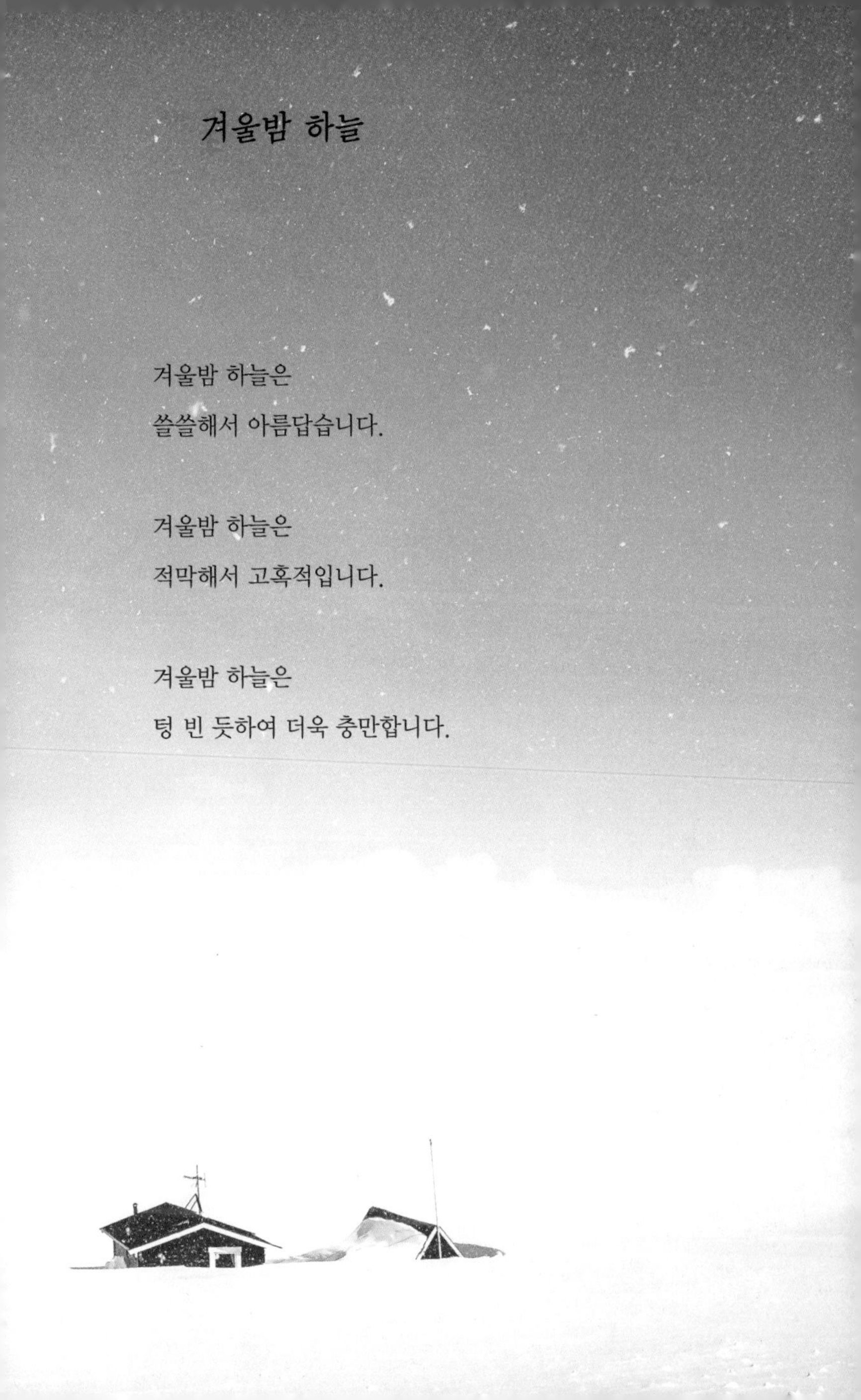

사랑

행복_기쁨_마음

사랑하고 싶은 날

어느 날 문득 사랑하고 싶은 날이 있습니다. 화사한 꽃들이 산과 들을 온통 뒤덮을 듯 피어날 때, 하늘빛이 눈이 부실만큼 푸르게 빛나는 날, 해맑은 날씨가 가슴을 설레게 할 때, 코끝을 스치는 바람에서 향긋한 풀 냄새가 솔솔 풍길 때, 좋아하던 시가 떠오를 때, 좋아하는 음악이 귓전을 울리며 촉촉이 젖어 들 때 사랑하고 싶은 마음이 새록새록 피어납니다.

사랑하고 싶은 날이 있다는 건 그만큼 마음이 맑고, 순수하다는 것을 의미하지요. 사랑의 감정에 물들면 눈에 보이는 모든 것들이 아름답게 보이고, 아픔을 준 사람까지도 용서하고 싶어집니다. 사랑은 사람의 마음을 넉넉하고 풍요롭게 하며, 긍정적이고, 매사를 감사히 생각하게 합니다. 그래서일까, 사랑에 빠진 사람은 꽃보다 더 아름답고, 눈은 초롱초롱 빛나며, 입술은 물기가 도는 듯 촉촉하지요.

사랑하고 싶은 날은 사랑하십시오. 사랑은 좋은 것이며, 영원한 삶의 명제이자 목적이니까요. 순정한 마음으로 사랑하는 사람이 되어주십시오. 더 많은 기쁨과 더 많은 행복을 얻게 될 것입니다.

무엇이든 되고 싶다

눈부시게 빛나는 정오의 햇살처럼
너만을 환히 비추는 햇살이 되고 싶다.

캄캄한 밤 환한 보름달처럼
네 발길 닿는 곳마다 길을 밝히는
너만의 달이 되고 싶다.

무더운 여름날 그늘을 만들어
시원하게 해주는 나무처럼 너의 지친 몸을
편히 쉴 수 있게 하는 너만의 나무가 되고 싶다.

추운 겨울날
꽁꽁 언 몸을 녹여주는 따뜻한 난로처럼
너의 마음을 따뜻하게 해주는
너만의 사랑의 난로가 되고 싶다.

그리하여 너를 위한 것이라면,
그 언제나 네가 행복할 수 있다면
나는 그 무엇도 주저함 없이 그 무엇이든 되고 싶다.

그리움에 젖어 들면

그리움은 인간에게 원초적인 본능과도 같은 것입니다. 사랑하는 사람에 대한 그리움, 친구에 대한 그리움, 부모님에 대한 그리움, 군대 간 남자친구에 대한 그리움, 각별한 가르침을 준 스승에 대한 그리움, 어릴 적 동무에 대한 그리움, 살아생전 사랑만 주고 머나먼 길을 떠난 할머니에 대한 그리움, 너무도 사랑했으나 이 세상엔 없는 사랑하는 이에 대한 샛별 같은 그리움 등 그리움은 누구의 가슴속에도 다 있기 마련입니다.

인간은 사랑을 먹고 사는 존재이지만, 그리움의 존재이기도 하니까요.

그리움이 많은 사람일수록 정이 많고, 사랑이 많습니다. 그리움은 또 다른 사랑이기 때문이지요. 그런데 시대가 변함에 따라 그리움도 점점 메말라가는 것 같습니다. 특히, 이성 친구들 간에 만났다 헤어지기를 밥 먹듯이 합니다. 물론 개중에는 일편단심 사랑을 주고, 그리움을 품고 사는 사람도 있지만 이런 사람들도 점점 줄어가는 것만 같아 안타까운 마음이 들곤 합니다.

그리움의 본질은 '사랑'입니다. 그리움을 잊고 산다는 것은 사랑을 잃고 산다는 것과 같지요. 누군가를 그리워하는 마음엔 샘물 같은 사랑의 샘이 있습니다. 그리움이 찾아들면 그리워하고, 그리워하십시오.

그것이 사랑을 잃지 않고 더 많은 사랑을 키우며, 자신을 사랑과 행복으로 이끄는 사랑의 비법이니까요.

봄이 계절의 첫 번째인 이유

봄이 오면 아무것도 없을 것만 같았던 산과 들엔 갖가지 푸른 싹이 돋아나기 시작합니다. 메마른 나뭇가지마다 새싹이 돋고, 거친 땅 위론 푸른 싹들이 저마다 고개를 쳐들고 세상 구경에 한창입니다. 그러고는 저마다 형형색색의 꽃들을 피워 온 산천을 아름답게 가꿉니다. 사람들은 그것을 보고는 탄성을 지르며 자연의 경이로움에 감동하지요.

봄이 계절의 첫 번째인 이유는 바로 여기에 있습니다. 봄은 사람에게도 자연에도 아무런 조건 없이 새로운 꿈을 주고, 기쁨을 주고, 감동을 주기 때문이지요.

봄은 꿈의 계절이며, 사랑의 계절이며, 열정의 계절입니다. 봄이 되면 사람도 새로워지기 위해 꿈을 꿉니다. 자연도 지금과 다른 모습으로 시시각각 변합니다. 봄은 봄이라는 그 자체만으로도 가슴을 설레게 합니다. 봄이 되면 움츠렸던 몸과 마음에 푸른 에너지가 돋는 것은, 봄은 뜨거움을 겨우내 간직했다가 풀어 놓기 때문이지요.

이 좋은 계절을 허투루 보낸다는 것은 봄에 대한 예의가 아닙니다. 삐걱거리던 몸과 마음을 바르게 하고, 눈망울을 반짝이며 한 번 더 푸른 하늘을 바라보며 자신이 하고자 하는 일에 매진한다면 좋은 결과를 얻게 될 것입니다.

조병화 시인은 〈해마다 봄이 되면〉이란 시에서 '항상 봄처럼 새로워라'라고 표현했습니다. 새로운 변화를 꿈꾸기에 좋은 계절이 봄인 것입니다.

강물 같은 사람

강물은 제 품으로 밤하늘에 빛나는 별들을 받아 빛나게 합니다. 구름이 별을 가리면 강물은 그 구름까지도 제 물결에 담아내지요. 강물이 아름다운 것은 모든 것들을 품어주기 때문입니다.

몇 해 전 시월 어느 날 노을이 막 지기 시작한 강가에 간 적이 있습니다. 그때 강물은 붉게 빛나는 노을 진 하늘을 제 품으로 받아내고 있었습니다.

게다가 강 건너편 그늘진 산까지 끌어안고 품어주었지요. 그 모습이 어찌나 아름답던지, 살아 있는 한 편의 시였습니다. 자연이 쓴 시, 그 어느 시인도 흉내 낼 수 없는 살아 있는 시였습니다.

나는 한참이나 강물에서 눈을 떼지 못했습니다. 너무 아름다워서이기도 했지만, 내가 한없이 부끄러워서였습니다. 그때 난 어떤 일로 몹시 갈등하고 있었습니다. 작은 마음 하나 다스리지 못하는 내가 강물에 한없이 미안하고 미안해서이지요.

맑지 못한 마음으로 그처럼 아름다운 강물을 바라본다는 건 사치였습니다. 그러나 그로 인해 내 마음은 아주 편안해졌지요. 마치 내가 지고 온 무거운 짐을 내려놓고 가라는 듯 강물은 그리도 평화롭게 흘렀습니다.

그때 본 강물의 풍광을 잊을 수 없습니다.

그때 나는 강물 같은 사람이 되어야겠다고 생각했습니다. 하늘의 별도, 구름도, 날아가는 새도, 강물에 어리는 산도, 그 모두를 제 품으로 받아주는 강물의 넉넉함을 배우고 싶었습니다.

그 모두를 품어주고 품어가는 강물, 그런 사람이 될 때 자신은 더없는 행복한 사람이 될 테니까요.

즐겁고 명랑한 마음으로 살기

즐겁고 기쁠 땐 모든 것이 좋아 보이고, 그 어떤 것도 다 해낼 것만 같은 자신감으로 충만합니다. 즐거움과 기쁨은 긍정의 에너지를 품고 있기 때문이지요. 그래서 즐겁게 생활하는 사람들이 더 창의적이고 생산적인 삶을 살아갑니다. 그러다 보니 삶의 질이 좋아지고, 그로 인해 행복한 삶을 살아갑니다.

이와는 반대로 우울하고, 슬픈 마음은 좋은 것을 봐도 좋아할 줄 모르고, 자신이 충분히 할 수 있는 일조차도 엄두를 내지 못합니다. 우울하고 슬픈 마음은 부정의 에너지를 품고 있기 때문이지요. 그래서 우울하고 슬픔 마음으로 생활하는 사람들은 비창의적이고 비생산적인 삶을 살아가게 됩니다.

"모진 비바람이 불 때면 날짐승들도 근심하고 무서워 떤다. 반대로 날씨가 청명하고 바람이 향기로우면 초목도 생기가 돌고 기뻐한다. 천지에 하루라도 화기和氣가 없으면 생존에 지장이 있거늘, 하물며 인간이야 더 말할 것이 있겠는가. 사람의 마음에도 하루인들 기쁘고, 명랑함이 없어선 안 될 것이다."

《채근담》에 나오는 말로, 이 말이 의미하는 것은 한마디로 유쾌하고 기쁜 마음으로 살라는 것입니다. 이 세상이 아름답게 돌아가기 위해서는 화기, 즉 평화로운 기운이 온 세상을 감싸주어야 합니다.

마찬가지로 짜증나고 괴로운 일이 있더라도 참고, 그것을 즐거움과 기쁨으로 바꿔야 합니다. 물론 쉽지는 않습니다. 많은 인내와 노력이 따르는 일이니까요. 즐겁고 명랑한 마음, 그것은 곧 행복해지기 위한 긍정의 마음입니다.

이렇게
비가 내리는 날엔

이렇게 비가 내리는 날엔
물방울 같은 시가 되어
그대 가슴에 촉촉이 스며들고 싶습니다.

이렇게 비가 내리는 날엔
연분홍빛 다알리아 꽃이 되어
그대 손안에 오래도록 머무르고 싶습니다.

이렇게 비가 내리는 날엔
한 잔의 커피가 되어
그대 미각을 향기롭게 자극하고 싶습니다.

이렇게 비가 내리는 날엔
그대의 우산이 되어
그대 가는 걸음걸음 동행이고 싶습니다.

이렇게, 이렇게,

하염없이 소리 없이 비가 내리는 날엔

그대의 이름으로 한 편의 시가 되고

연분홍빛 다알리아 꽃이 되고

커피 향 가득한 한 잔의 커피가 되고

그대의, 그대만의 우산이 되고 싶습니다.

별을 바라보는 마음으로

별을 바라보는 마음으로
그대를 바라보면
그대 또한 해맑은 별이 됩니다.

별을 꿈꾸는 마음으로
그대를 그려보면
그대 또한 눈부신 별이 됩니다.

별을 사랑하는 마음으로
그대를 헤아려 보면
그대 또한 별을 사랑하는 마음으로
나를 사랑합니다.

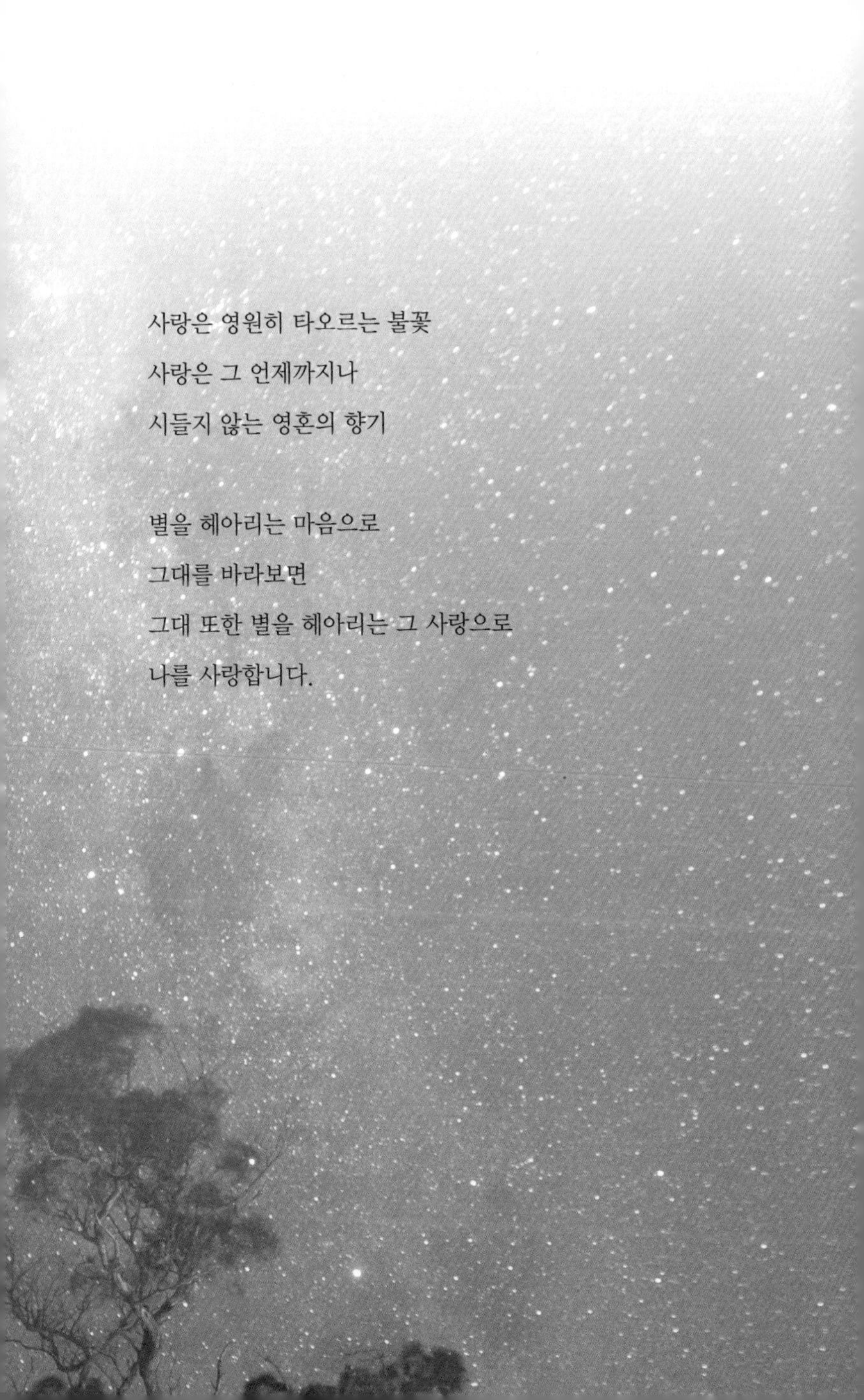

사랑은 영원히 타오르는 불꽃
사랑은 그 언제까지나
시들지 않는 영혼의 향기

별을 헤아리는 마음으로
그대를 바라보면
그대 또한 별을 헤아리는 그 사랑으로
나를 사랑합니다.

자신을 위한 축복

사람은 누구나 소중한 존재입니다. 누구나 이 세상 단 하나뿐인 존재이니까요. 그런데 사람들 중에는 자신을 너무 소홀히 하는 이들이 있습니다. 자신을 위해 책 읽는 것도 등한시하고, 자기 계발에도 소홀히 합니다. 이는 자신을 무가치하게 만드는 행위입니다. 자신을 그냥 그렇고 그런 사람으로 만든다는 것은 자신에 대한 예의가 아닙니다.

인생은 자신의 것이지만 사랑하는 부모와 형제자매의 고귀한 피가 흐르는 그 무엇과도 바꿀 수 없는 보석입니다. 이처럼 소중한 자신을 풍요롭고 가치 있게 하기 위해서는 물론, 아낌없이 노력해야 합니다. 노력을 쏟다 보면 힘들고, 지칠 때도 있겠지만 포기해서는 안 됩니다.

포기하는 순간 자신에 대한 사랑도 멈추게 됩니다. 힘들지 않은 노력은 어디에도 없습니다. 힘드니까 노력입니다.

자신을 위한 노력은 자신을 위한 축복의 행위입니다. 그러한 과정도 없이 잘 되기만을 바란다면 그것은 행복한 인생, 아름다운 인생의 가치를 공짜로 얻으려는 것과 같습니다. 공짜가 때론 좋은 경우도 있지만, 값어치 있는 일은 결코 아닙니다.

자신에 대한 축복도 자신이 하는 것이며, 자신을 무가치하게 만드는 것도 자신이 하는 것입니다. 모든 것은 자신이 어떻게 하느냐에 달렸습니다.

생각하는 사랑

생각하는 사람은
늘 새롭고,
변화하는 삶을 살아갑니다.

생각을 한다는 것은
현실에서 머무는 것이 아니라
앞으로 나아가는 것입니다.

사랑 또한 마찬가지입니다.
가만히 앉아서 머무르는 사랑은
서로를 권태롭게 할지도 모릅니다.

지금보다 더
역동적인 사랑을 원한다면
생각하는 사랑을 하십시오.
그 사랑이
당신의 삶을 풍요롭게 해 줄 것입니다.

사랑하는 사람

보면 볼수록
예뻐지는 꽃

가까이하면 할수록
더욱 향기로운 꽃

만났다 헤어지는 순간
두고두고 생각나는 꽃

늘,
곁에 두고 바라보고 싶은 꽃

마음에 상처를 준다는 것

살아가다 보면 본의 아니게, 혹은 의도적으로 주변 사람들에게 마음의 상처를 주게 됩니다. 모르는 사이에 상처를 주는 것은 적의敵意를 품지 않아 상대에게 정중히 사과를 하면 상대방도 이해해줍니다. 그러나 의도적으로 주는 마음의 상처는 사정이 다릅니다. 특히, 앙심을 품고 행하는 마음의 상처는 상대에게 치명적인 아픔을 줄 수 있습니다. 이러한 상처는 화살보다도 날카롭고, 총알보다도 깊은 타격을 주기 때문이지요. 마음의 상처를 입게 되면 상처를 준 사람을 원수처럼 여기게 되고, 자신이 받은 것보다 더 크게 갚아주려고 합니다. 그렇지 않으면 분하고 억울한 마음에 마음이 편치 않기 때문이지요. 그 누구와도 잘 지내고 싶다면 상대에게 마음의 상처를 주지 않도록 해야 합니다. 마음의 상처는 서로의 간격을 멀어지게 하는 '불통의 벽'과 같으니까요.

선물

사랑에 빠진 사람의 눈은
어린 사슴처럼 순하고,
들꽃처럼 순수하며,
깊은 산속 샘물처럼 맑고 투명합니다.
그래서 사랑하는 사람은
바라보기만 해도 행복해지고,
마음 또한 밝고 따뜻해집니다.
사랑은
참 좋은 인생의 선물입니다.

밤하늘이
아름다운 이유

밤하늘이 아름다운 것은

별들이 서로를

다독다독

밝게 비추어주기 때문입니다.

사람 가슴엔
별이 살고 있다

사람들 가슴마다엔
새하얀 별이 반짝인다.

별이 반짝이는 가슴은
오월 햇볕처럼 따뜻하다.

가슴에서
별을 잃어버린 사람들은
캄차카 반도
일월 날씨처럼 쓸쓸하다.

반짝이는 별을
품고 사는 사람들을 보면
사월 가문비나무처럼
푸릇푸릇하다.

사람들 가슴엔 별이 살고 있다.

반짝이는 별을 가슴에 품고 살자.

별이 떠나가지 않게

서로의 가슴을

꼬옥 품어주며 살자.

첫 만남

곱다

맑다

청초한 꽃 한 송이여,

환하다

마냥, 환하다

내가 사랑하는 시,
그리고 시인 파블로 네루다

당신은
해 질 무렵
붉은 석양에 걸려있는
그리움입니다.
빛과 모양을 그대로
내가 가장 좋아하는 구름입니다.

그대는 나의 전부입니다.

부드러운 입술을 가진 그대여,
그대의 생명 속에는
나의 꿈이 살아 있습니다.
그대를 향한
변치 않는 꿈이 살아 숨 쉬고 있습니다.

사랑에 물든
내 영혼의 빛은
그대의 발밑을
붉은 장밋빛으로 물들입니다.

오, 내 황혼의 노래를 거두는 사람이여,
내 외로운 꿈속 깊이 사무쳐 있는
그리운 사람이여,
그대는 나의 모든 것입니다.

석양이 지는 저녁
고요히 불어오는 바람 속에서
나는 소리 높여 노래하며
길을 걸어갑니다.

사랑하는 그대여,
내 영혼이
그대의 슬픈 눈가에서 다시 태어나고
그대의 슬픈 눈빛에서부터 다시 시작됩니다.

나는 오늘도 파블로 네루다를 생각하며 시를 읽고, 시를 쓰며 내 사상과 철학이 내 시와 조화롭게 결합되기를 꿈꿉니다. 파블로 네루다, 그가 있어 나는 시를 더욱 사랑하고 시인인 나를 사랑합니다.

죽은 벌레를 위한 기도

추운 겨울 어느 날
베란다 바닥에 벌레 한 마리 죽어 있다.

저 작고 여린 몸으로
한평생을 버티며 살다 주검으로 남았다.

죽는다는 것은 온몸에
물기가 말라버리고,
온 생애의 물기가 말라버리는 것일까.

나무껍질처럼 빳빳하게 굳어버린
새끼손톱만한 벌레의 사체를
휴지에 곱게 싸서 쓰레기통에 버렸다.

우리 또한 언젠가 물기 말라버린
생애의 마지막 날을 맞게 될 것이다.
그날, 누군가의 생애에 짐이 되지 않는
생이 되어야 하느니,

벌레여, 부디 바라노니 잘 가거라.
네가 가는 그곳에선
푸른 피 돋는 맑은 생으로 거듭나거라.

아, 겨울 하늘이
푸른 바다보다 깊고 푸르다.

너를 위해

한 마리

목청 좋은 새가 되어

날마다 너를 위해

노래를 불러주고 싶다.

겨울에는 사랑을 하라

겨울에는 사랑을 하라
꽁꽁 언 산천도 녹여버릴 수 있도록
뜨겁게 뜨겁게 사랑을 하라

겨울에는 사랑을 하라
함박눈 내리는 날 깔깔깔 웃으며
미치도록 미치도록 사랑을 하라

겨울에는 사랑을 하라
슬펐던 일 가슴 아팠던 일 모두 잊고
세상에서 가장 행복한 것처럼 사랑을 하라

겨울에는 사랑을 하라
온몸이 산산이 부서져 가루가 되도록
하얗게 하얗게 눈이 부시게 사랑을 하라

겨울에는 사랑을 하라
우주에서 가장 뜨겁고 가장 행복하고
가장 아름답게 빛나는 사랑,
천년만년 지지 않을 그런 사랑을 하라

천륜의 사랑

자식이 행복해하는 것을 보며 어머니는 행복을 느낍니다. 어머니의 모든 관심은 자식에게 향해 있습니다. 자식의 일거수일투족이 어머니에게는 기쁨이며 삶의 의미입니다.

그런데 자식에게 좋지 않은 일이 생긴다면 어떻게 될까요. 그것은 곧 어머니에겐 슬픔이자 아픔입니다.

최고의 동화작가로 평가받는 한스 크리스티안 안데르센의 《어머니 이야기》를 보면 이런 어머니의 눈물겨운 사랑이 잘 나타나 있습니다.

아픈 아이를 보며 어머니는 마음을 졸입니다. 혹 죽음이 아이를 데리고 가면 어쩌나 하고 말이지요. 그런데 어머니의 이런 마음과는 달리 죽음은 아이를 데리고 갑니다. 어머니는 아이를 찾기 위해 길을 나섭니다.

길을 가다 깜깜한 '밤'을 만나 묻습니다. 죽음이 아이를 데리고 간 곳이 어디냐고. 밤은 알려주는 조건으로 아이에게 불러주던 자장가를 부르라고 말합니다. 어머니는 슬픔을 억누르고 자장가를 불렀습니다. 그리고 밤이 가르쳐주는 대로 숲속으로 갔습니다. 그러자 가시덤불이 나타났습니다. 어머니는 죽음이 아이를 데리고 어디로 갔는지 물었습니다. 그러자 가시덤불은 자신이 추우니 안아달라고 말합니다. 어머니는 가시덤불을 꼭 끌어안았습니다. 가시에 찔려 어머니의 몸에서는 피가 흘렀습니다. 가시나무는 죽음이 간 곳을 가르쳐 주었습니다. 가시덤불이 가르쳐준 곳으로 가자 이번엔 커다란 호수가 나타났습니다. 호수를 건너야 하는데 나룻배가 한 척도 없었습니다. 어머니는 어쩔 줄 몰라 했습니다. 그러자 호수가 말했습니다. 자신은 진주를 좋아하는데 어머니의 두 눈을 빼달라고. 어머니는 두 눈을 빼려고 울고 또 울었습니다. 얼마 후 두 눈이 빠졌습니다. 어머니는 두 눈을 호수에게 주고 호수를 건너갔습니다. 그리고 호수가 말한 집에 도착했습니다. 앞을 볼 수 없는 어머니가 말했습니다.

"어디로 가야 우리 아이를 데리고 간 '죽음'을 만날 수 있을까요?"

그때 쭈그렁 할멈이 "죽음님은 아직 안 돌아오셨어."라고 말했습니다. 어머니는 어디로 가야 아이를 만날 수 있는지를 물었는데 할멈은 가르쳐주는 대가로 어머니의 검은 머리카락을 달라고 했습니다. 어머니는 자신의 머리카락을 잘라주고 자신은 할멈의 하얀 머리털을 대신 받았습니다. 어머니는 하얀 머리를 하고 할멈을 따라 온실로 들어갔습니다. 온실에는 많은 꽃이 있었는데 그것은 모두 인간의 생명이라고 했습니다. 어머니가 아이를 찾기 위해 꽃들의 심장 소리를 들었습니다. 그리고 마침

아이의 심장 소리를 들었습니다.

"이거예요!"

앞을 볼 수 없는 어머니는 크게 소리쳤습니다. 어머니가 꽃에 손을 대려고 하자 할멈이 말했습니다. 죽음이 돌아와서 꽃을 뽑으려고 하면 뽑지 못하게 하라고.

얼마 후 죽음이 돌아왔습니다. 죽음은 어떻게 여기까지 왔냐며 물었고, 어머니는 자신은 엄마니까요, 하고 말했습니다. 죽음이 가냘픈 작은 꽃을 뽑으려고 하자 어머니는 죽음의 손을 낚아챘지만 죽음에 의해 그만 놓치고 말았습니다.

죽음은 "넌 나를 대항하지 못한다."라고 했지만, 어머니는 우리 주님은 힘이 있다고 말했습니다. 그러자 죽음은 자신이 하나님의 정원사라고 말하며 하나님의 모든 꽃과 나무들을 미지의 땅에 옮겨 심는다고 말했습니다. 그리고 꽃과 나무들이 그곳에

서 무엇을 하는지는 하나님만 안다고 했습니다.

어머니는 아이를 돌려달라며 애원했습니다. 그리고 두 개의 아름다운 꽃을 양손으로 움켜쥐고 꽃들을 다 뽑아버리겠다고 소리쳤습니다. 그러자 죽음은 네가 불행하다고 다른 어머니도 너처럼 똑같이 불행하게 만들어야 하느냐 물었습니다. 아이 어머니는 놀라서 손을 놓고 말았습니다. 그때 죽음이 어머니에게 두 눈을 내어주었습니다. 그리고 어머니가 뽑아버리려고 했던 꽃들의 미래를 보여주겠다며 우물 안을 들여다보라고 했습니다.

다시 볼 수 있게 된 어머니는 우물 속을 들여다보았습니다. 그러자 한 생명이 세상의 축복이 되어 기쁨을 전하는 모습이 보였습니다. 순간 어머니는 행복했습니다. 그리고 다른 생명의 삶을 보았는데 온통 슬픔과 궁핍, 죄와 불행뿐이었습니다. 그때 죽음이 말했습니다.

"이 두 개의 삶이 다 하나님의 뜻에 의한 것이다."라고.

어머니는 저 꽃 중 어느 쪽이 불행이고, 어느 쪽이 축복인가를 물었습니다. 죽음은 그건 말해줄 수 없지만 그중 하나는 어머니의 아이의 꽃이며, 아이의 운명이라고 말했습니다. 그러자 어머니는 비명을 지르며 자신의 아이를 구해달라고 애원했습니다. 죽음은 이해하지 못하겠다며 투덜거렸습니다. 어머니는 두 손을 꼭 잡은 채 기도를 했습니다.

자신의 기도가 하나님의 뜻에 어긋난다면 듣지 말라고, 하나님의 뜻이 가장 좋은 것이라며 말했습니다. 그 순간 죽음은 아이를 미지의 땅으로 데리고 갔습니다.

자식을 위해서라면 죽음도 두려워하지 않는 게 어머니의 사랑이며 그 어떤 고통도 달게 받으시는 분이 어머니이십니다. 어머니는 태산보다 높은 사랑이니까요.

뜨거운 것

햇살 화사한 날
아카시아 꽃 사랑을 독차지하려는
벌들의 싸움이 치열하다, 못해
살기가 돕니다.

아카시아 꽃 사랑에 취한 벌들은
이성을 잃은 지 이미 오래입니다.
치고받는 꼴이 가히 폭력적입니다.
아카시아 꽃은 그럴수록 더욱 유유합니다.

시간이 지날수록
벌들의 싸움은 더욱 뜨겁게
후끈 달아오릅니다.

저 뜨거운 열정의 몸부림,
저 넘치는 생동감 좀 보세요.

아, 사랑은 저토록 뜨거운 것이리라.
죽음도 불사할 만큼
사랑은 때론 목숨을 거는 것이리라.

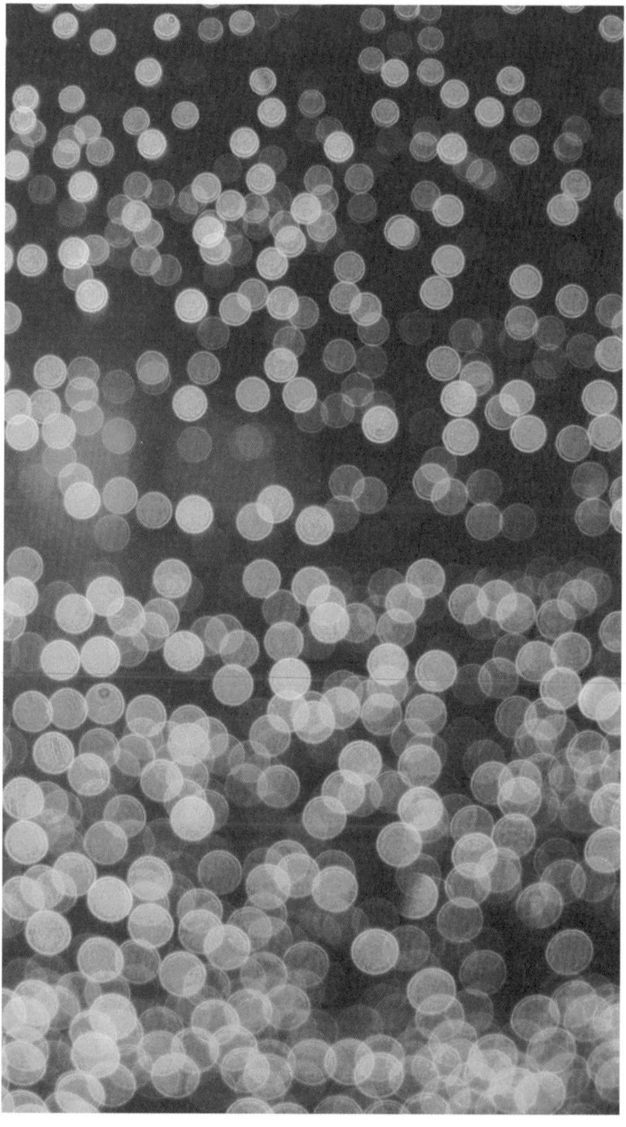

일상

자아_통찰_사색

미안해하지 말아요

나이를 먹어갈수록 산다는 것에 대해 더 자주 생각하게 됩니다. '지금 알고 있는 걸 그때도 알았더라면'하는 생각이 가슴을 칠 때마다 더욱 그런 생각이 듭니다. 그러고 보면 나란 사람은 아직도 사람다운 사람이 되기에는 여러모로 부족한 점이 많다는 생각에 스스로 부끄럽고 미안합니다. 자신에게 미안해하지 않는 사람이 삶을 잘 살아간다고 믿는 나로서는 이렇게 여기는 것은 당연한 일입니다.

나이가 든다는 것은 삶의 의미를 알아가는 것과 같습니다. 그런데 나이가 들어서도 삶의 의미를 깊이 있게 성찰하지 못한다면, 나이를 헛먹는 것과 다름없습니다. 생각을 좀 더 성숙하게 하고, 그에 따른 언행 또한 한층 더 여유롭고 품격이 있어야 합니다. 그래야 나이가 들어도 자신에게 덜 부끄럽고 미안해하지 않게 됩니다.

나는 나 자신에 대해 부끄러움을 느낄 때면 늘 나 자신을 돌아보곤 합니다. 그렇게 하지 않으면 가슴이 꽉 막힌 것같이 답답함을 느끼니까요. 그런데 나 자신을 돌아보고 성찰할 시간을 갖고 나면 마음이 맑아지고 마음에 평안함이 찾아듭니다. 나는 나 자신을 더 깊어져야 한다고 늘 생각합니다. 그것이 스스로 부끄러움을 줄이고 덜 미안해하는 최고의 방법이기 때문이지요.

사람이 사람인 것은 완벽하지 않는 데 있습니다. 완벽하다면 그는 사람이 아닙니다. 무슨 일에 있어 자신이 부끄러움을 느낀다면 망설이지 말고 즉시 자신을 돌아봄으로써 자신에게 덜 미안해하는 인생이 되어야 하겠습니다.

어깨를 빌려주다

서울에 급한 볼일이 있어 고속버스에 몸을 실었습니다. 급한 원고를 쓰느라 여러 날 잠을 줄였더니 몸은 연신 휴식을 취하라고 신호를 보냈습니다. 하지만 그럴 수 없다 보니 어쩔 수 없이 서울 길에 나선 것입니다. 나는 무거운 머리를 창가에 기대고 눈을 감았습니다. 눈을 감는 순간 아득해지며 파도처럼 잠이 밀려왔습니다. 나는 그대로 잠들어 버렸습니다.

잠에서 깨어났을 때 이상한 느낌이 들었습니다. 마치 베개를 벤 것처럼 머리가 편안했던 것입니다. 나는 살며시 눈을 떴습니다. 그 순간 정신이 번쩍 들었습니다. 염치없게도 옆 사람 어깨에 내 머리가 기대져 있었습니다. 그것도 20대 후반의 아리따운 아가씨였던 것입니다. 차가 출발하기 전엔 내 옆에 아무도 없었는데 내가 잠든 사이에 앉았던 모양입니다.

나는 무안한 마음에 얼른 자세를 고쳐 앉아 말했습니다.

"아가씨, 미안해요. 나도 모르게 그만 결례를 했군요."

"아닙니다. 너무 피곤하신 것 같아 잠시 제 어깨를 빌려드린 것뿐이에요."

아가씨는 이렇게 말하며 빙그레 웃었습니다. 그 모습이 참 밝고 고왔습니다.

“본의 아니게 매우 난처했는데 그렇게 말해주니 고맙군요. 아가씨가 어깨를 빌려준 덕에 피로도 풀리고, 기분이 흐뭇하네요.”

나는 아가씨의 마음 씀씀이가 너무도 고마워 이렇게 말했습니다.

“별일도 아닌데 그렇게 말씀하시니 제가 막 무안해지려고 하네요.”

“하하, 그래요? 아가씨 예쁜 마음에 오늘 하루가 참 행복할 것 같군요. 정말 고마워요.”

나는 이렇게 말하며 다시 한 번 고마움을 전했습니다.

서울에 도착하여 일을 보는 내내 마음이 유쾌했습니다. 마음이 즐거우니 일도 잘 보았습니다. 일을 마치고 나자 아침에 있었던 일이 생각났습니다. 요즘 젊은 사람 같지 않은 보기 드문 아가씨였습니다. 내가 무안해 할까 봐, 어깨를 빌려주었다고 말하는 그 센스 있는 배려가 따뜻하고 고마웠습니다. 아가씨의 앞날에 좋은 일만 있기를 바랐습니다.

기차에서 바라본, 어느 날의 저녁 풍경

언젠가 서울에서 볼일을 마치고 원주로 오기 위해 저녁 기차에 올랐습니다. 청량리역 플랫폼을 벗어난 기차는 미끄러지듯 서울도심지를 빠져나왔습니다. 구리를 지나 잠시 후 양수리를 지나는데 검푸른 빛을 띤 한강이 유유히 흘렀습니다. 강은 바라보는 것만으로도 가슴을 평온하게 물들입니다. 어둠이 안개처럼 내리는 강이 시야에서 벗어나자 저 멀리 낮은 산들이 옹기종기 이마를 맞대고 어둠이 내리는 들녘을 바라보고 있었습니다. 어둠이 내리는 들녘을 보자 밀레의 만종이 생각났습니다. 일과를 마치고 부부가 고개를 숙여 감사의 기도를 하는 모습은 엄숙하고도 평화스럽습니다. 그런데 밀레의 만종을 처음 보았을 때 느꼈던 뭉클함이 가슴을 물들였던 것입니다. 나는 창밖으로 눈을 고정한 채 사랑하는 사람을 바라보듯 지긋이 바라보았습니다. 어둠에 물들기 시작하는 들녘이 그렇게도 멋지게 다가온 적은 일찍이 없었습니다. 화구가 있으면 못 그리는 그림일지언정 그 모습 그대로를 화폭에 담고 싶었습니다.

가끔은 지친 일상에서 벗어나 기차를 타고 어둠에 물들기 시작하는 들녘의 풍광을 느껴보세요. 자연이 얼마나 위대한 산물인지를 가슴 떨리게 경험하게 될 테니까요.

뻐꾸기 울음소리, 소낙비처럼 내리는 날은

내가 사는 아파트는 도심에 있지만, 아파트 뒤로는 산이라기보다는 언덕이라는 말이 더 잘 어울릴 것 같은 작은 동산에 푸른 숲이 있습니다. 이 작은 숲엔 까치, 뻐꾸기, 참새, 박새, 찌르레기를 비롯해 이름을 알 수 없는 새들이 삽니다. 어떤 날은 저마다 목소리를 자랑하듯 쉴 새 없이 조잘조잘댑니다. 청아한 새들의 울음소리를 듣다 보면 마치 산중에 앉아 있는 것 같습니다. 대로를 줄지어 달리는 자동차들이 내는 소리, 배달하는 사람들이 내는 오토바이 소리, 갖가지 소리를 새들의 울음소리가 가려줍니다. 작은 새들이 내는 울음소리의 위력은 실로 대단하지요.

나는 이 새들 중 뻐꾸기가 "뻐꾹뻐꾹"하며 우는 소리가 그렇게도 좋을 수가 없습니다. 특히, 뻐꾸기 울음소리가 소낙비처럼 내리는 날은 그 소리에 흠뻑 취해 몸과 마음이 날아갈 듯 가볍고 상쾌합니다. 마치 한 마리 나비가 된 듯합니다. 그래서 나는 뻐꾸기 소리가 들려오면 하던 일을 잠시 멈추고 최대한 귀를 쫑긋 세우고 뻐꾸기 소리를 듣습니다. 소리를 듣다 보면 나도 모르게 뻐꾸기 소리를 흉내 내고 있는 나 자신을 발견하고는 피식

웃곤 하지요. 이렇듯 뻐꾸기는 나를 동심의 세계로 인도합니다.

동심의 세계에서 노닐다 보면 어느새 나는 무욕의 마음이 됩니다. 무욕의 마음이 들 땐 그 어느 때보다도 행복하지요. 무욕은 순진무구 그 자체이기 때문이니까요. 어린이들이 어른보다 작고 보잘것없는 일에도 잘 웃고, 기뻐하고 즐거워하는 것은 그런 까닭에서입니다. 나는 언제나 동심으로 살고 싶습니다. 동심만이 나를 자유롭게 하고, 새롭게 하며, 무한한 상상의 세계로 이끌 수 있으니까요. 뻐꾸기 소리를 못 견디게 좋아하는 것은 동심을 잃지 않고, 동심으로 살고 싶은 마음에서입니다.

도심에서 뻐꾸기 소리를 들을 수 있다는 것은 축복입니다. 이 글을 쓰는 동안에도 뻐꾸기는 내 마음을 읽기라도 한 듯 더 큰 소리로 울음 웁니다. 나는 이 즐거움을 오래도록 누리고 싶습니다.

서울에서 둘째로 잘하는 집

우연히 길을 걷다 재밌는 간판을 보았습니다. 단팥죽을 파는 음식점이었는데 상호가 '서울에서 둘째로 잘하는 집'이었습니다. 나는 그 간판을 보는 순간 주인의 센스 있는 마음을 엿볼 수 있어 미소가 절로 났습니다. 가게를 운영하는 사람들은 대개 자신의 집이 최고라고 하는데 둘째라니, 이 얼마나 재치 있는 겸손인지요.

전국 어디를 가던 흔히 보게 되는 것이 '원조'라는 말입니다. 원조 장충동 족발, 원조 춘천 닭갈비, 원조 감자탕 등 상호 앞에 '원조'라는 말을 갖다 붙입니다. 그런데 그것도 모자라 '순 원조 갈비탕'이니 '순 원조 감자탕'이니 해서 자신의 가게가 더 진짜라는 것을 강조합니다. 흔한 게 원조이고 보니 '순'이라는 글자를 갖다 붙인 것이지요. 그래서일까, 요즘 사람들은 '원조'니 '순 원조'니 하는 말 따위에 현혹되지 않습니다. 그 말을 갖다 붙이는 것을 얄팍한 상술로 아는 것이지요.

그럴듯하게 포장을 하면 처음엔 어느 정도 효과를 볼 수는 있어도, 오래지 않아 거짓 상술이라는 것을 눈치챕니다. 그러면 그걸로 끝이지요. 고객처럼 예리한 사람들은 없으니까요.

진실이 가장 사람의 마음을 움직이는 법입니다. 있는 그대로의 모습을 보이되 자신만의 장점을 살리는 일에 최선을 다하고, 진정성을 담아 고객들을 대하면 진실은 통하게 되어있습니다. 진실을 이길 비법은 없습니다. 진실, 그 자체가 가장 확실한 비법이니까요.

비 오는 날
저녁 풍경 한 컷

어둠이 스멀스멀 살포시 내려앉는
2월 비 오는 날 저녁 풍경은
빈센트 반 고흐의 감자 먹는 사람들처럼 정겹다.

추위가 가신 겨울 날씨 속에
봄기운이 들어있어서일까
반쯤 열어놓은 창문으로 들어오는 바람결에서
사랑하는 이 촉촉한 입술 같은 온기가 느껴진다.

하나둘씩 켜지는 건너편 아파트 불빛과
거리의 네온사인 불빛이
봄꽃처럼 피어나는 비 오는 날 저녁 풍경을
그대로 옮겨놓으면
정감이 살아 있는 한 컷 풍경화다.

저 멀리 어둠에 잠긴 산이
어린 시절 아버지의 넓은 어깨처럼 우뚝하고
산 아랫마을엔 불빛이 밤안개처럼 번진다.

쇼팽의 야상곡이 잘 어울리는 저녁이다.

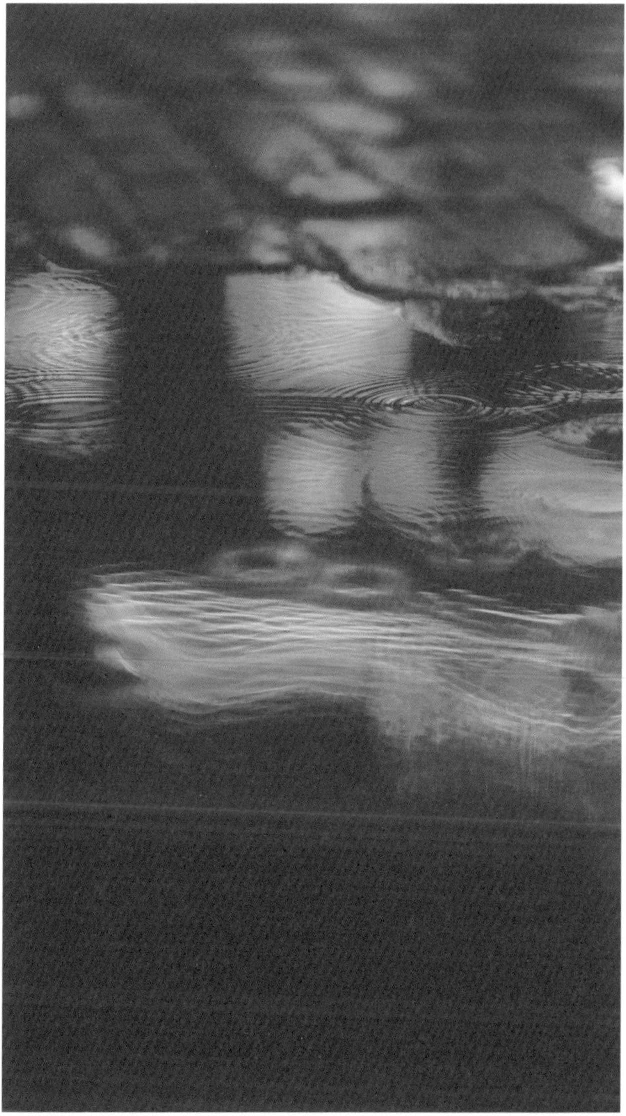

완벽이란

나는 지금껏 살아오는 동안 완벽증에 걸려 허덕였습니다. 머리카락 한 올이라도 흐트러짐을 허용하지 않았고, 구두를 벗을 때도 한 치의 오차도 없이 나란히 놓아야 했고, 놓여 있는 물건은 항상 그 자리에 있어야 하고, 무엇이든 내 마음이 흡족해야 완벽이라고 생각했습니다.

그러나 완벽은 늘 나를 피곤하게 했습니다. 그런데도 나는 완벽만이 나를 나답게 한다고 믿었지요. 대충 넘어가도 아무런 문제가 없는 일도 완벽하게 조금은 더 완벽하게 하려다 보니 도리어 문제가 되기도 했습니다. 하지만 그래도 나는 완벽해야 한다고 믿었습니다. 이 몹쓸 완벽증이라는 것도 모른 채 말이죠.

그러던 어느 날, 완벽증을 깨뜨려 버려야겠다고 생각했습니다. 완벽은 더 이상 없다는 것을 인정한 것이지요. 가끔 대충 넘어가도 전혀 문제가 되지 않았던 것입니다. 마치 아무 일도 없었던 것처럼 그렇게 아무 일도 없었으니까요.

나는 완벽이란 없어, 그저 자기만족일 뿐이지, 라고 생각하기 시작했습니다. 그러자 내 마음이 거부할 수 없는 억압에서 풀려나는 걸 온몸으로 느낄 수 있었지요.

어둠이 걷히고 아침이 오듯 마음은 완벽함에서 점점 더 벗어날 수 있다는 것을 나는 압니다. 또한, 완벽은 오만일 뿐, 다만 완벽에 가까울 뿐이라는 것을요.

나는 완벽함을 놓은 이상, 나를 좀 더 즐기며 자유롭게 살고 싶습니다. 그것은 나 자신이 나에게 주는 선물과도 같은 것이니까요.

꽃처럼 살고 싶다

향기로
사랑을 전하는 꽃처럼
넘치지도 않게
부족하지도 않은 마음으로
오늘도 내일도 또 그 내일도
겸손한 마음이고 싶다.

환한 미소로
아름다움을 전하는 꽃처럼
아픔과 슬픔은 뒤로 감추고
예쁘고 부드러운 언어로
오늘을 살고 싶다.

꽃이 아름다운 건
꽃은 자신의 아름다움을
나타내기 위해
억지를 부리거나
과욕을 보이지 않기 때문이다.

향기로 사랑을 전하고
밝은 미소로
아름다움을 전하는 꽃처럼

겸허한 마음으로
사물을 바라보고
공손한 마음으로
내일을 열어 가리라.

더덕 향기에 흠뻑 취하다

출판사 대표와 만나기로 하고 서울 시청역에서 내려 2호선으로 갈아타기 위해 걷던 중 매우 익숙한 향이 발길을 붙잡았습니다. 그것은 더덕 향이었습니다. 서울 한복판에서 더덕 향이라니! 할머니 한 분이 바닥에 앉아 더덕을 손질하고 있었습니다. 할머니 앞에는 하얀 몸을 드러낸 더덕이 한 바가지 가득 담겨있었지요. 어찌나 향이 진한지 마치 산 더덕의 향 같았습니다. 나는 깊은 심호흡을 하며 더덕 향을 가슴 깊숙이 밀어 넣었습니다. 몸과 마음이 맑아지는 그 짜릿한 느낌은 그 어느 고급 향수보다도 향이 깊었습니다.

힘껏 향을 들이마신 나는 발길을 돌려 지하철을 타기 위해 발길을 재촉했습니다. 길을 가는데 계속 향이 뒤따라왔습니다. 그 조그만 더덕 향이 지하도를 가득 채웠습니다. 사람들의 표정도 밝아 보였습니다. 그들 또한 나와 같은 느낌을 받았을 거라는 생각이 들었습니다. 좋은 향기는 사람을 기분 좋게 한다는 사실을 다시금 느꼈습니다.

지하철을 갈아타고 가는데도 향은 내 코끝에 머물러 있었지요. 더덕 향이 사람들의 마음을 밝게 하듯 삶의 향기가 나는 사람이 되어야 합니다. 만나는 사람들에게 삶의 향을 나누어 주는 향기 나는 사람, 생각만으로도 너무 흐뭇했습니다.

그날 하루는 더덕 향에 취해서일까, 내가 계획했던 일들이 다 이루어졌습니다. 더덕 향기에 다시 한 번 흠뻑 취하고 싶습니다.

마음의 뿌리

의지가 강한 사람은 어떤 일에도 주저하지 않습니다. 설령, 그 일이 자신을 힘들게 한다고 해도 자신이 해야 할 일이라면 망설임 없이 실행에 옮깁니다. 그러나 의자가 약한 사람은 매사에 주저주저하고, 조금만 힘들어도 중도에서 포기하고 말지요.

의지가 있고 없고는 한 사람의 삶을 완전히 극과 극의 결과를 낳게 합니다. 또한, 의지의 정도에 따라 그 결과 역시 달라집니다.

아무리 지혜와 덕을 겸비한 사람도 의지가 약하면 소용이 없습니다. 어떤 일을 하는 데 있어 의지는 그 일을 추진하는 동력이기 때문이지요. 자동차로 치자면 오일과 같은 것입니다. 오일이 없다면 최고급 롤스로이스라고 해도 단 1센티미터도 움직일 수 없는 것과 같은 이치지요.

뿌리가 튼튼한 나무는 강풍에도 뿌리가 뽑히지 않으나, 뿌리가 약하면 미풍에도 쉬 뽑히고 맙니다. 사람의 마음 또한 이와 같습니다. 의지가 든든하고 굳세면 최악의 상황에서도 흔들리지 않으나, 의지가 약하면 조금만 힘들어도 쉽게 흔들려 쓰러지고 말지요.

"아주 든든하고 굳세어 흔들림이 없다."

이는 《역경易經》에 나오는 말로 확호불발確乎不拔이라고 합니다. 이 말의 의미처럼 의지를 강하게 하려면 마음을 든든하고 굳건히 해야 합니다. 의지는 마음의 뿌리입니다. 마음의 뿌리가 튼튼해야 그 어떤 어려움도 극복해낼 수 있는 것입니다.

잠 못드는 밤

깊은 밤 글 쓰다 말고, 주전자에 물을 붓고 가스 불을 켰습니다. 파란 가스가 새어 나오며 주전자 밑바닥을 토닥였습니다. 파란 가스 불은 마치 작은 꽃잎처럼 파르르 흔들렸습니다. 그 모습을 바라보는 잠시, 찻물이 끓기 시작했습니다. 나는 유자가 담긴 찻잔에 물을 부어 티스푼으로 살살 저었습니다. 향긋한 유자 향이 코를 자극하자 입에 침이 고였습니다. 나는 얼른 찻잔을 입으로 가져가 한 모금을 머금었습니다. 순간, 입안 가득 고인 유자 향으로 가슴이 환해져 오며 무거웠던 머리가 맑아짐을 느꼈습니다.

나는 찻잔을 들고 어둠에 잠긴 밖을 바라보았습니다. 어둠 속에 고양이 눈빛을 한 차들이 가끔 지나갈 뿐 거리는 적막함 그 자체였습니다. 건너편 아파트 단지를 살피는데 아직도 불이 켜져 있는 집들이 여기저기서 제법 보였습니다. 그들은 이 시각에 무엇을 하기에 잠들지 못하고 불을 밝히는지 궁금증이 일었습니다.

이 시간에 나처럼 책을 보고 글을 쓰는 건 아니겠고, 저마다 불을 밝혀놓은 까닭이 있겠지요. 그들 모두에게 평안함이 함께 하길 빌며 자리로 돌아와 시간을 보니 어느덧 새벽 1시 25분.

내가 쓴 글이 이름을 알 수 없는 이들에게 한 줄기 빛이 되어 줄 수 있다면 밤을 환히 밝혀도 좋습니다.

나는 입안 가득 고인 유자차 향을 음미하며 자리에 앉아 쓰던 글을 쓰기 시작했습니다. 어디선가 길고양이 소리가 들려옵니다. 나는 나를 가장 잘 들여다볼 수 있는 이 새벽이, 사랑하는 사람처럼 정말 좋습니다.

자기확신

자신을 위해 사는 사람들은 하나같이 자기 확신이 강합니다. 그래서 이들은 어떤 어려운 상황에 맞닥뜨려도 흔들리거나 좌절하지 않습니다. 오히려 고난과 시련을 기꺼이 받아들여 긍정적인 에너지로 삼지요. 그리고 열정을 바쳐 온 힘을 다해 노력을 기울입니다. 그렇게 노력하는 가운데 마침내 뜻을 이루고 자신만을 위한 삶의 즐거움을 만끽하며 살아갑니다.

그러나 떠밀리듯 사는 사람들은 되는대로 살아가려고 합니다. 이는 매우 잘못된 생각입니다. 왜냐하면 되는대로 살면, 그냥 살 뿐 그 이상의 삶은 살지 못하기 때문이지요. 되는대로 사는 것, 이는 자기를 위해 사는 것을 방해하는 가장 큰 요인입니다. 이 문제를 해결하는 가장 좋은 방법이 자아를 실현하는 것입니다.

자아의 실현을 위해서는 노력과 열정을 빼놓을 수 없습니다. 아무리 좋은 환경을 갖췄다 하더라도 자아를 실현하겠다는 열정과 의지가 없다면 바람 빠진 자동차 바퀴와 같습니다. 바람 빠진 자동차 바퀴가 움직일 수 없는 것처럼 노력과 열정이 없다면 모든 것은 허사가 되고 마니까요. 강한 자기 확신은 성공의 에너지입니다.

산다는 건

산다는 건
누군가에겐 질리도록 넘쳐나고
또 다른 누군가엔
떨어지는 빗방울처럼
눈물겨운 것이다.

거리 악사의 연주를 들으며

토요일 오후 4시 인사동 거리는 그야말로 사람 물결 그 자체였습니다. 마치 사람들이 천천히 흘러가는 강물과 같았거든요. 한국인, 백인, 중국인, 흑인, 일본인, 동남아 사람 등 국적을 불문하고, 하나의 거대한 물결이 되어 움직였습니다. 그동안 보아왔던 인사동과는 전혀 다른 모습에 놀라움마저 일었습니다.

나 또한 물결이 되어 움직였습니다. 물결이 되어 천천히 걷다 인사동 거리 중간쯤 이르렀을 때 어디선가 경쾌한 바이올린 소리가 들렸습니다. 나는 소리 나는 곳으로 갔습니다. 젊은이가 가벼운 몸놀림을 하며 바이올린을 켜고 있었습니다. 바이올린 케이스에는 만 원짜리, 천 원짜리 지폐가 제법 놓여 있었습니다. 바이올린 연주를 들은 사람들이 연주 감상 값으로 내놓은 것이지요. 유럽이나 미국, 남미 등에서는 거리의 악사들이 제법 많다고 합니다. 자신의 재능을 거리를 무대 삼아 연주하는 행위 또한 예술적 행위입니다. 웅장한 공연장과 성능 좋은 음향시설은 없지만, 불특정 다수인들을 관객으로 삼아, 입장료도 없이 하는 거리의 악사 또한 연주자입니다.

바이올린 선율에 젖어 얼마를 그렇게 서 있는데 갑자기 집시들의 음악이 생각났습니다. 나는 집시들의 음악 중에서도 특히, 세르게이 트로파노프가 연주하는 '몰도바'를 좋아합니다. 이 음악을 처음 접했을 때 그 선율의 애잔함과 강렬함에 깊이 매료되었지요. 연주의 감흥이 내 마음을 한껏 뒤흔들어놓았으니까요.

젊은 거리의 악사 또한 이 시대의 집시인지도 모릅니다. 자신의 삶에 충실한 젊은 악사를 위해 연주가 끝났을 때 힘껏 박수를 쳐주었습니다. 그리고 속으로 말했습니다. 저 젊은 거리 악사의 꿈이 반드시 이루어지게 해달라고.

비, 오는 날의 서정

비가 사륵사륵 내리는 날 따뜻한 방에 누워 듣는 빗소리는 매우 운치가 있고 정겹습니다. 청각이 때로는 시각보다도 더 강렬한 이미지를 심어줍니다. 빗소리를 듣다 보면 빗소리 화음에 빠져 몸이 빨려들 듯 안온한 기분에 젖어 듭니다. 빗소리가 마치 꿈결처럼 들리곤 하지요.

그래서일까, 비 오는 날은 온종일 빈둥거리기에 참 좋습니다. 빈둥거리다가 심심하면 창문을 열고 지나가는 사람들을 바라보는 것도 좋고, 창문에 다닥다닥 소리를 내며 떨어지는 빗방울 소리를 듣는 것도 좋고, 갖가지 꽃잎 위에 떨어지는 비를 바라보는 것도 좋고, 비 내리는 하늘을 바라보는 것도 좋고, 창가에 입김을 호호 불어 그림을 그리고, 떠오르는 친구들의 이름을 쓰거나 멋진 문구를 쓰는 것도 그 나름대로 흥겹습니다.

빗소리를 들으며 갓 쪄낸 고구마와 감자, 옥수수를 먹거나, 부침개를 부쳐 먹으면 그 맛이 가히 일품이지요. 빗소리가 사람들의 마음을 잔잔히 울리는 것은 인공이 가미되지 않은 자연의 소리이기 때문입니다. 이른 저녁 나뭇잎을 흔들어 대며 부는 바람 소리도 그러하고, 하얀 포말을 그리며 철썩이는 파도 소리도 그러하고, 강아지 짖는 소리도 그러하고, 닭이 홰치는 소리도 그러하고, 새들이 지줄 거리는 소리도 그러하고, 졸졸졸 소리 내며 흐르는 시냇물 소리 등 갖가지 자연이 내는 소리가 또한 그러합니다.

지금도 가끔 비 오는 날은 온돌방 대신 침대에 누워 가만히 빗소리를 듣습니다. 빗소리를 듣다 보면 아련한 옛 추억이 소록소록 피어나지요. 그런 날은 마치 동심으로 돌아가 어린이가 된 듯합니다.

비 오는 날은 한 편의 서정시와 같이 여겨지는 것은 바로 이런 까닭에서지요. 그래서 나는 비 오는 날이 좋습니다.

사람에게 필요한 것

의리義理란 '사람으로서 지켜야 할 바른 도리'를 말합니다. 그러니까 사람답게 행해야 할 양심적 규범이라고 할 수 있습니다. 즉, 양심에 반하지 않는 말과 행동이라는 것이지요. 의리는 친구 간에도, 직장동료 간에도, 스승과 제자 간에도, 부부 간에도, 형제자매 간에도 꼭 필요합니다.

의리를 잘 지켜 행하는 사람은 양심이 바르고 성품이 곧고 정직합니다. 그래서 의리가 좋은 사람은 어딜 가든 거리낌이 없고 사람들로부터 환영을 받습니다. 하지만 의리를 지키지 않는 사람은 양심이 비뚤어지고 성품이 간사스럽고 정직하지 못하지요. 이런 사람은 어딜 가든 사람들로부터 원성을 사게 됨으로써 불행한 삶을 살게 됩니다.

의리합일義理合一이란 말이 있습니다. 이는 춘추 전국 시대의 학자이자 사상가인 묵자墨子가 한 말로 '의와 이는 하나다', 즉 '의로움은 곧 이로움이다'라는 의미입니다. 다시 말해 의로움은 이익이 되어야 한다는 말이지요.

묵자의 사상에서 보듯 의리는 사람과 사람 사이에 반드시 지켜야 하는 목숨처럼 중요한 것인데도 이를 헌신짝 버리듯 하는 이들이 있습니다. 이는 자신을 경멸하고 모독하는 행위이며, 자신을 사람들과 단절시키는 불완전한 행위입니다. 이런 행위에서 벗어나는 노력이 반드시 필요합니다. 그것이 자신을 위하는 현명한 일이기 때문이니까요.

생명의 서書

어둠을 헤치고
빛나는 저 태양처럼
나 또한 나의 사랑 앞에
찬란한 태양이고 싶다.

어둠을 밀어내고
달려오는 저 햇살처럼
나 또한 나의 생 앞에
꺾이지 않는 생명의 불꽃이고 싶다.

태양은 어둠으로 더욱 빛나고
어둠은 태양으로 빛이 되었다.

나 또한 나의 사랑 앞에
나의 생 앞에
그 무엇에도 젖지 않고 빛나는
한 줄기 생명의 빛이고 싶다.

내 마음의 유배지

내 마음속엔 유배지가 있네
나를 스스로 가둬 놓는
걸어서는 갈 수 없는 내 마음의 유배지
나의 심사心思가 나를 허망하게 할 때나
욕심이 깊어져
나의 판단력을 흔들리게 할 때나
남을 탓하고 미워하는 마음이
내 맑은 영혼을 주름지게 할 땐
나를 내 마음의 유배지에 가두네
생이 깊어갈수록
내 마음의 유배지에 갇히는 날이
점점 늘어만 간다는 것은
나를 치욕적이고 비감悲感하게 하느니
내 마음의 유배지여,
무정無情한 내 길이 거침없이 나를 흔들어대고
나를 버리지 못해
내 인생의 어깨가 무거워질 땐
너의 팔을 뻗어 더는
미혹에 빠지지 않도록 나를 지켜다오
준엄하게 그러나 조금은 가볍게
내 마음의 유배지여.

진정한 자유

아이러니하게도 물질이 쌓이면 쌓일수록 사람들은 정신적으로는 메말라갑니다. 돈이 주는 즐거움에 빠져 무엇이든 돈이면 다 되는 거로 아는 것 같습니다. 물질 만능은 사람의 마음을 모질고 교만하게 만듭니다. 그래서 순수했던 사람도 돈이 주는 즐거움에 한 번 빠지면 다른 사람이 되는 것을 누누이 보아왔습니다.

"우리는 정신적으로 부자가 되지 않으면 안 된다. 왜냐하면, 우리는 정신적으로 너무도 굶주려 있기 때문이다. 예수께서 '마음이 가난한 사람은 복이 있다'라고 말한 것은 스스로 자기 마음의 가난함을 깨달은 자를 지적한 것이었다. 그러나 많은 사람은 자기의 빈약하고 부족함을 돌아봄이 적다. 사람은 부족함을 깊이 깨달으면 깨달을수록 좋다. 그것이야말로 행복의 출발이다. 인생에 대한 하염없는 겸손, 그것 없이는 언제나 사람은 헤매게 될 것이다."

이는 미국의 부흥사로 유명한 빌리 그레이엄Bily Graham 목사가 한 말로 왜 정신적인 부자가 되어야 하는지를 잘 알게 합니다.

정신적으로 굶주리면 인간성이 황폐해지고, 타인에 대한 배려나 사랑이 사라지고 맙니다. 그러나 정신적인 부자가 되면 타인을 배려하게 되고, 사랑으로 이해하려는 마음을 갖게 됩니다. 정신적인 풍요가 주는 진정한 자유와 평안을 안다면 정신적인 풍요 또한 부자라는 걸 알게 될 것입니다.

마음이 어지러운 날

어느 날은 공연히 마음이 어지러울 때가 있습니다. 바람에 흔들리는 갈대처럼 마음이 흔들리기도 하고, 푸른 하늘을 보며 가슴이 뭉클거리기도 하고, 일디보의 '유 레이즈 미 업'을 들어도, 쇼팽의 피아노 연주곡을 들어도 전혀 위안이 되지 않습니다. 밖으로 나가 산책코스를 돌고 와도 달라지지 않습니다. 이럴 땐 자연스럽게 노자老子의 《도덕경道德經》에 손이 갑니다. 노자의 《도덕경》을 천천히 음미하며 읽다 보면 메마른 꽃밭이 물을 뿌려줌으로써 활기를 되찾듯 메마르고 어지러운 마음이 차분히 가라앉는 걸 느낍니다.

노자의 무위사상無爲思想은 인위를 가하지 않는 있는 그대로의 것을 받아들이는 자연의 순리를 따르는 것입니다. 그가 무위사상을 펼쳤던 것은 인위를 가하게 되면 인간의 욕망에 따르게 되고 그러다 보면 순리를 그르치게 됨으로써 진리에서 벗어나게 된다고 믿었던 것입니다. 순리는 크게 두 가지로 나눌 수 있는데 인간의 삶의 순리와 자연의 순리가 그것이지요. 인간의 순리는 인격적인 삶을 추구함으로써 서로가 서로에게 짐이 되지 않게 규범을 지켜 행함으로써 아름다운 인간관계를 따르는 것을 말합니다.

자연의 순리 또한 마찬가지이지요. 인간의 욕망을 채우기 위해 자연에 인위를 가해 무참히 자연을 파괴하면 그 대가는 매우 혹독하게 나타납니다. 오늘날 이상기온 현상으로 인해 폭설과 홍수가 빈번히 발생되는가 하면, 지진과 해일이 무시로 인간의 삶을 위협합니다. 또한, 가물고 메말라 물이 부족한 시대가 되었음은 어제오늘의 문제가 아닙니다. 이 모두는 무참히 자연을 훼손한 까닭이지요. 이처럼 삶의 순리와 자연의 순리를 거스르는 것은 인간의 삶을 참혹하게 하는 그릇된 행위입니다.

생각하는 대로 일이 잘 안 될 때, 원하는 것을 얻지 못했을 때, 다른 사람과 다툼으로 마음이 상했을 때, 공연히 마음이 심란할 때, 사랑하는 사람과 원만치 못한 일로 마음을 끓이는 등 마음이 어지러울 때는 노자의 《도덕경》을 천천히 음미하면서 읽어보세요. 천천히 읽다 보면 자신도 모르는 사이 마음이 차분해지는 것을 느끼게 될 겁니다.

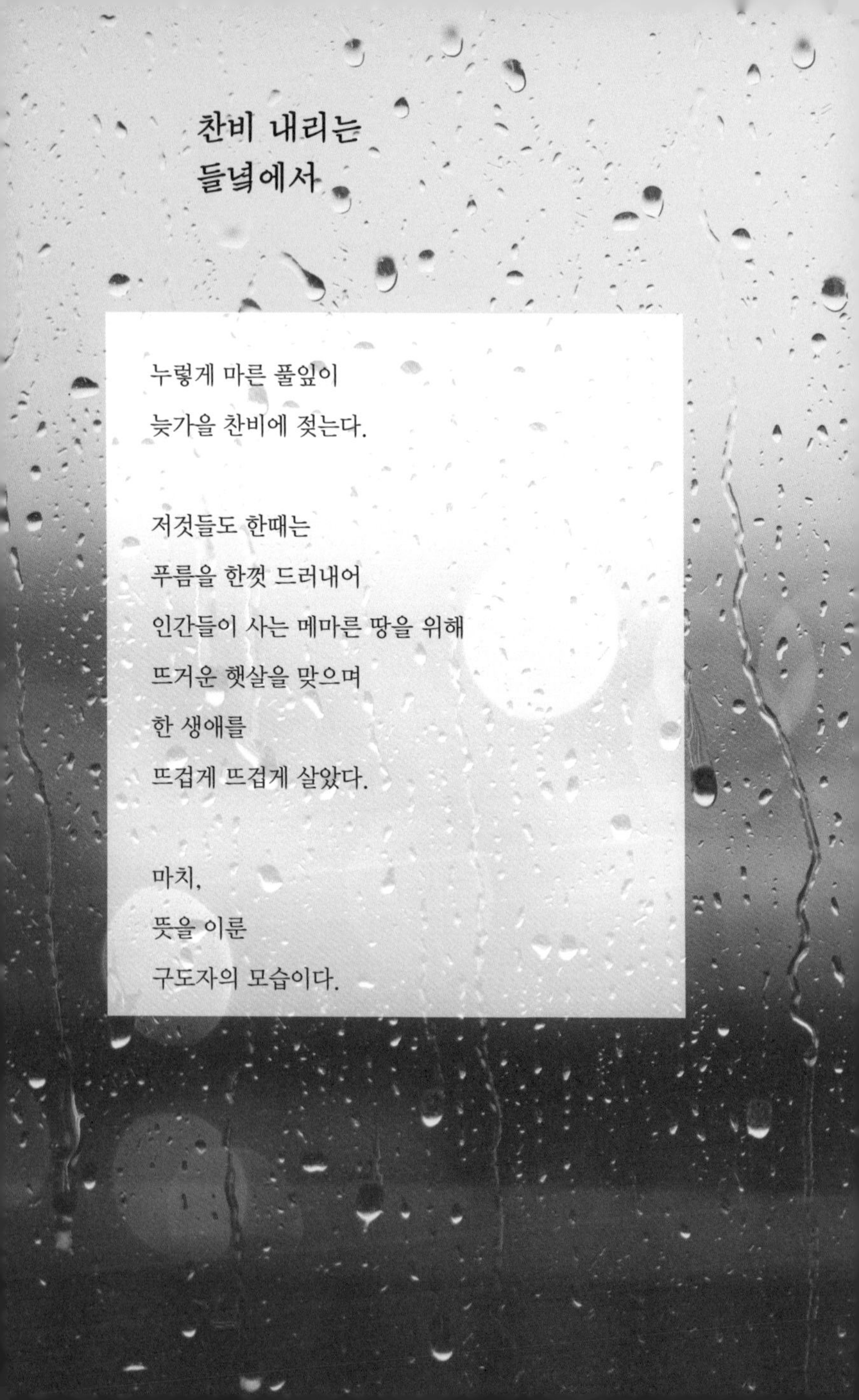

찬비 내리는
들녘에서

누렇게 마른 풀잎이
늦가을 찬비에 젖는다.

저것들도 한때는
푸름을 한껏 드러내어
인간들이 사는 메마른 땅을 위해
뜨거운 햇살을 맞으며
한 생애를
뜨겁게 뜨겁게 살았다.

마치,
뜻을 이룬
구도자의 모습이다.

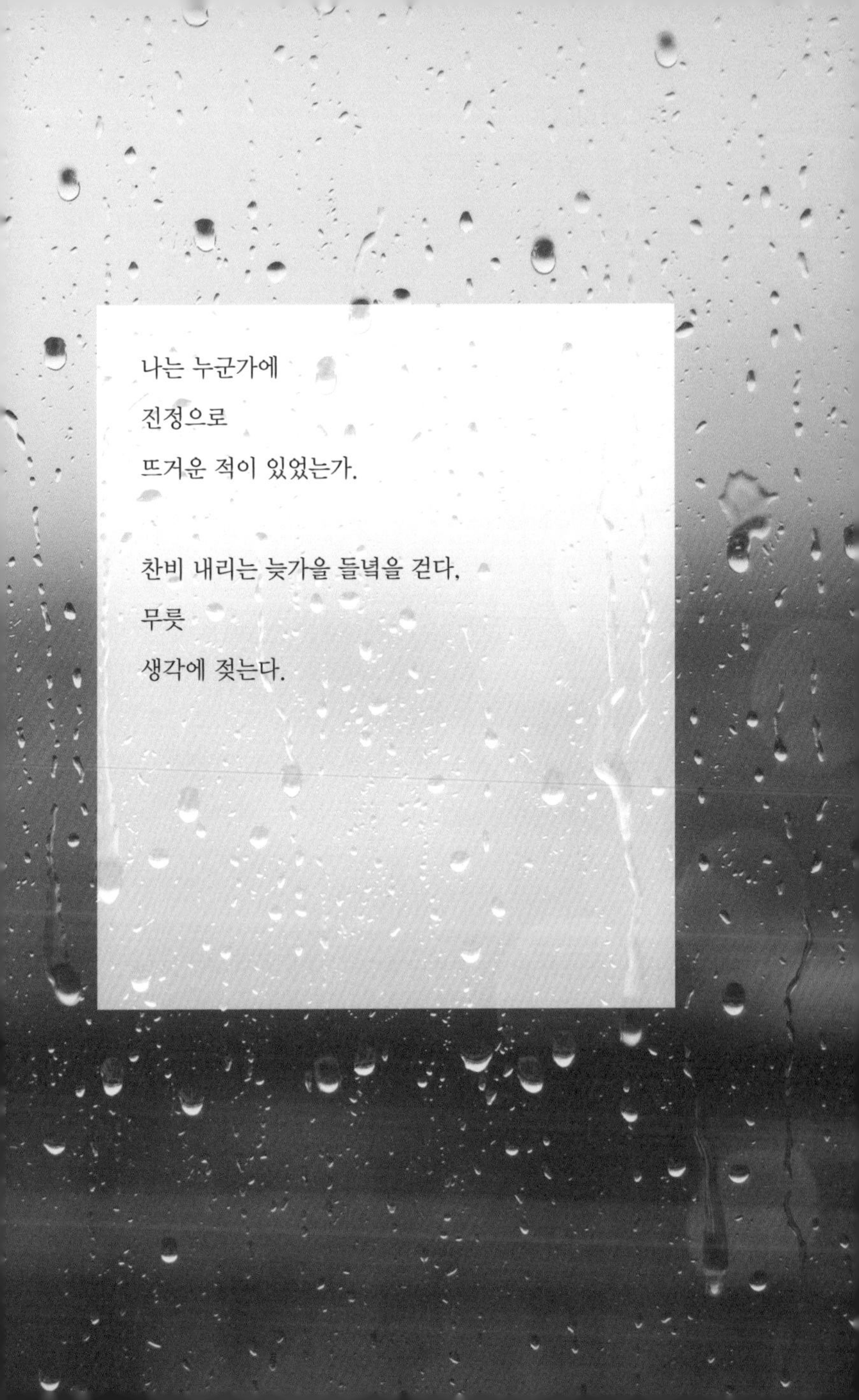

나는 누군가에
진정으로
뜨거운 적이 있었는가.

찬비 내리는 늦가을 들녘을 걷다,
무릇
생각에 젖는다.

서점에서 잠든 청년을 보다

강남 센트럴시티에 있는 서점, 반디앤루니스에 들러 책을 살피던 중 서점 한쪽 구석에서 책을 읽다 쪼그려 잠든 청년을 보았습니다. 차림새로 보아 대학생 같았습니다. 몸이 한쪽으로 기울어 금방이라도 쓰러질 것만 같았지요. 하지만 어찌나 곤히 잠이 들었는지 어떻게 해 줄 수가 없어 그저 바라만 보는데 그 모습이 안쓰럽고 애처로웠습니다. 분명 늦게까지 취업준비 공부를 하거나, 아르바이트를 했을 것입니다. 요즘 젊은이들을 보면 마음이 아픕니다. 대학을 나와도 취업이 안 되다 보니 졸업을 미루기 일쑤이고, 취업을 해도 비정규직이 대부분이고 그것도 계약이 끝나면 또다시 취업의 문을 두드려야 합니다. 그런데 그나마도 하늘의 별 따기라고 하니 이건 마치 취업이 아니라 전쟁과도 같습니다.

가난한 시절엔 꿈을 꾸었지만, 지금은 꿈마저 꿀 수 없는 세상이 되었습니다. 그러다 보니 결혼을 포기하고, 연애를 포기하고, 출산을 포기하는 이른바 3포 세대라는 말이 공공연한 말이 되고 말았습니다. 어디 그뿐인가요. 5포 세대니, N포 세대니 하는 신조어들이 새롭게 거리를 떠돌고 있습니다.

요즘 50대 부모들은 마음 놓고 잠도 못 자고, 쉴 수도 없습니다. 힘들게 대학을 가르쳐도 자식들이 제 역할을 하지 못하다 보니, 먹이고, 입히고, 용돈을 대주고 취업을 위해 학원까지 보내는 실정이기 때문이니까요.

세상모르고 자는 청년의 부모 또한 같은 처지일 거라고 생각하며, 나는 아버지의 마음으로 그 청년이 좀 더 편안히 잘 수 있도록 어깨라도 받쳐주고 싶었습니다.

그리고 마음으로 빌어주었지요. 그 청년이 원하는 직장에 꼭 취업해서 자신이 원하는 삶을 살아갈 수 있게 되기를.

절대 불변

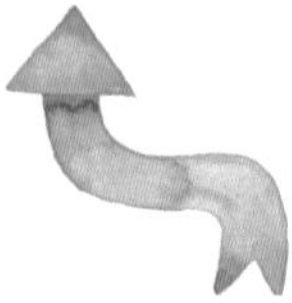

세상은 넓고 할 일은 많다.

하지만 시도하지 않으면

아무것도

얻을 수 없는 게 세상 법칙이다.

플러스 인생, 마이너스 인생

"짧은 인생은 시간의 낭비에 의해서 더욱 짧아진다."

이는 영국의 시인이자 평론가인 새뮤얼 존슨Samuel Johnson이 한 말입니다. 이 말이 의미하는 것은 한마디로 시간을 낭비하지 말고 인생을 의미 있게 살라는 말이지요. 의미 있는 인생은 사람에 따라 다를 수 있습니다. 각자가 추구하는 인생의 목적이 다 다르기 때문이니까요.

의미 있는 인생을 살기 위해서는 시간을 잘 써야 합니다. 시간을 잘 쓰고 못 쓰느냐에 따라 플러스 인생이 될 수도 있고, 마이너스 인생이 될 수도 있습니다. 플러스 인생을 산 이들의 공통점은 시간을 잘 관리했다는 것입니다. 시간을 금과 같이 여겨 한시도 시간을 낭비한 적이 없습니다. 그랬기에 자신이 원하는 인생을 살 수 있었습니다.

그러나 마이너스 인생을 산 이들은 시간을 낭비하며 살았다는 걸 알 수 있습니다. 시간의 낭비는 마이너스 인생을 사는 것입니다. 시간을 도둑질하는 인생처럼 가엾고 한심한 인생은 없으니까요.

살구나무

시골에 일이 있어 갔다가 마을 어귀에 있는 중간 크기보다 약간 작은 살구나무를 보았습니다. 살구나무 가지에는 우유 팩, 사이다 캔 등이 걸려 있었습니다. 누구의 장난인지는 모르겠으나 마치 살구나무는 고통에 겨워하는 것 같은 모습이었습니다.

"누가 이런 걸 나무에 걸어 놓았을까?"

나는 혼잣말을 하며 길가에 있는 기다란 나무 작대기로 우유 팩과 사이다 캔 등을 나뭇가지로부터 떼어냈습니다. 그러자 살구나무는 숨을 몰아쉬며 내게 고마워하는 것 같았습니다. 나는 떼어낸 우유 팩과 사이다 캔을 길가에 가지런히 놓아두고는 볼 일을 보는데, 마치 착한 일을 한 아이같이 기분이 좋았습니다.

사람이든 동물이든 나무든 꽃이든 살아있는 것들은 다 소중한 존재입니다. 다 필요하기에 존재하는 것이고, 그러기에 다 가치가 있는 것이지요. 그런데 사람이라고 해서 함부로 동물을 학대하고, 나무를 베어내고, 꽃을 꺾을 순 없습니다.

그것은 인간과 공존하는 소중한 것들을 무시하고 착취하는 흉악한 짓과 같으니까요.

자연이 풍요로워야 사람 사는 세상도 더욱 풍요로워집니다. 자연이 훼손당하면 당할수록 사람들의 삶도 훼손당하고 말지요.

우리나라 산천을 더 푸르게 가꾸고, 풀 한 포기, 나무 한 그루, 꽃 한 송이, 물 한 방울이라도 더 귀히 여겨야겠습니다.

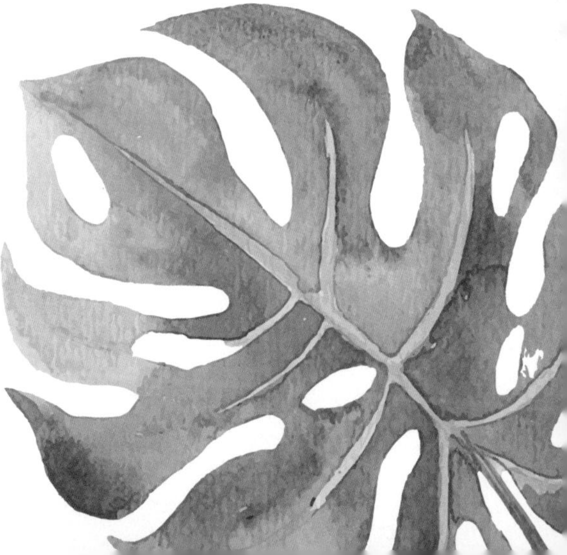

하루에 세 번씩 자신을 돌아보기

일일삼성一日三省이란 말이 있는데 '하루의 일 세 가지를 살핀다는 뜻으로, 하루에 세 번씩 자신의 행동을 반성하라'라는 말입니다. 공자孔子의 제자 중 증자曾子라는 이가 있는데 그는 자기 반성을 잘하기로 유명합니다. 그는 날마다 세 번 반성을 했다고 합니다. 첫째, 남을 도와주면서 진정으로 양심의 가책을 느끼지 않을 만큼 성실하게 도와주었는가, 둘째, 친구와 교제를 할 때 혹여 신의 없는 행동은 하지 않았는가, 셋째, 스승에게 배운 것을 잘 익혔는가, 하는 것이지요. 증자가 하루에 세 번 반성한 것들을 보면, 인간으로서 마땅히 해야 할 도리에 대한 것들입니다. 그런데 대개의 사람은 증자처럼 하지 못할 뿐만 아니라, 자신의 잘못을 그대로 방치하지요. 그러다 보니 돌아오는 것은 원성과 듣기 싫은 말뿐입니다. 증자가 존경받는 인물이 될 수 있었던 것은, 매일 자신을 반성함으로써 바르고 올곧게 살아갈 수 있었기 때문이지요.

잘못은 누구나 합니다. 하지만 반성은 누구나 하지 않습니다. 그렇다면 어떻게 해야 할까요. 잘못에 대해 망설임 없이 반성하는 쪽을 택해야 할 것입니다.

새벽

새벽이 오면 나는 엄숙해집니다.
이 고요한 경건 앞에 무릎 꿇지 않을 수가 없습니다.
새벽이 오면 투명해지는 나의 시간
하루 종일 쌓였던 먼지 찌꺼기 같은
나의 모순과 실수를 내려놓고
두 손을 가슴에 얹고 눈을 감습니다.
오늘 하루 밥을 축내지는 않았는지
내가 사랑하는 사람들의 마음에 상처는 주지 않았는지
나의 오만과 무지로 비웃음은 사지 않았는지
돌이키고 거듭 돌이키며 뚫어져라 내 마음을 응시합니다.
새벽이 오면 하염없이 좋습니다.
내 속의 나와 만날 수 있는 가장 투명한 시간,
나는 이 고요한 시간을 말없이 사랑합니다.
새벽이 오면 나는 들뜨기 시작합니다.
새벽은 나의 연인이며, 철학이며, 사상입니다.
나의 존재를 가장 확실하게 느낄 수 있는
미명의 새벽이 그냥 말없이 좋고 좋습니다.
깊이 잠든 어둠을 뚫고 기차가 덜컹거리며 지나갑니다.
내 귀를 청명하게 해주는 저 기차의 덜컹거림,
나는 사랑하는 사람처럼 새벽이 좋습니다.

칼

무더운 여름 더위에 지쳐 책을 읽다 말고 근처에 있는 체육공원으로 갔습니다. 밤 10시인데도 트랙을 돌며 걷는 사람들, 농구를 하는 사람들, 족구를 하는 사람들, 인공 암벽 등반을 하는 사람들, 자전거를 타는 사람들, 배드민턴을 치는 사람들 등 저마다 운동에 한창이었습니다. 나는 벤치에 앉아 활기 넘치는 사람들을 흥미롭게 바라보았습니다. 바라보고만 있어도 내 몸에서는 에너지가 뿜어져 나오는 것처럼 생동감이 일었습니다. 그런데 바로 그때 앞에서 배드민턴을 치던 초등생 아이들이 목소리를 높여 싸우기 시작했습니다. 아이들의 입에서 나오는 소리가 나를 놀라게 했습니다. 조금 전까지만 해도 사이좋게 배드민턴을 치던 아이들은 무슨 일인지는 몰라도 사기 치지 말라며 악다구니를 썼습니다. 그리고 입에 담지 못할 욕을 해댔습니다. '사기를 치지 말라니, 무엇을 사기 치지 말라고 하는 걸까.' 순진한 얼굴에서 나오는 말치고는 너무도 험악했습니다. 요즘 아이들이 하는 말 중에 반은 욕이라고 합니다.

그리고 더 놀라운 것은 욕을 잘하는 아이가 친구들 사이에 인기가 있다는 보도가 있었습니다. 욕을 잘하는 아이는 더 인기를 끌기 위해 새로운 욕을 찾으려고 인터넷을 검색하고, 폭력과 폭언이 난무하는 책을 읽는다고 합니다. 이건 분명 무언가 잘못되어도 한참 잘못된 일입니다. 입시 경쟁에 내몰리는 아이들이 쌓인 스트레스를 푸는 방법으로 욕과 폭언을 일삼는다고 하니, 점수 따기 공부 방법을 지양하고 사람답게 살아가는 교육이 절실히 필요하다는 생각입니다. 상대에게 상처를 주는 욕이나 폭언은 시퍼렇게 날이 선 칼과 같습니다.

내 삶의 방식

나는 글쓰기를 업으로 하는 전업 작가이다 보니, 항상 읽고, 느끼고, 경험하고, 사색하고 글 쓰는 것을 밥 먹듯이 합니다. 이렇게 오랫동안 글쓰기를 해왔지만, 글을 쓸 땐 꼿꼿하게 앉아 쓰기 때문에 긴 시간 글을 쓰다 보면, 엉덩이도 배기고, 어깨도 손목도 아프고, 눈도 뻐근하고 침침하지요.

하지만 나는 글을 쓸 때 내 존재감을 가장 확실하게 느낍니다. 글을 쓰는 동안은 모든 것을 잊고 오직 글쓰기에만 집중하니까요. 그렇게 글을 쓸 때 글쓰기의 바다를 유유자적 항해하며, 나만의 글쓰기 향연에 빠져듭니다. 그러다 보면 희열을 느끼게 되고, 내 책을 읽어줄 독자를 생각하면 감사한 마음이 새록새록 피어납니다.

글쓰기는 나에게는 삶의 방편이며, 존재의 양식입니다. 글쓰기를 통해 밥을 먹고, 내가 하고 싶은 것을 한다는 것은 참으로 감사한 일이지요.

자신이 하고 싶은 것을 한다는 것은 돈으로는 살 수 없는 행복과 기쁨을 줍니다. 또한, 그것은 자신의 존재감을 가장 확실히 느끼게 해 주지요. 그래서 자신이 좋아하는 것은 아무리 해도 싫증이 나지 않고, 돈이 되지 않아도 긍지와 보람을 느끼는 것입니다.

만일 자신이 무엇인가에 마음을 집중시켜 온전한 즐거움으로 하는 게 없다면, 자신이 무엇을 하면 그렇게 할 수 있는지에 대해 곰곰이 생각해 보십시오. 그리고 그것을 해보기 바랍니다. 그래서 그것이 자신에게 만족감을 주고, 힘들어도 충분히 할 수 있다는 마음이 들면 그것을 존재의 방식으로 삼아도 좋습니다. 그리고 그 길로 나아가십시오. 그러면 반드시 두고두고 인생의 기쁨을 누리게 될 것입니다.

지금과 다르게 살고 싶다면

고정관념을 깬다는 것은 쉽지 않습니다. 이미 뇌리에 깊이 인식되어 있어 아무리 이야기를 해도 그때 뿐 그 시간이 지나면 습관적으로 또다시 고정관념에 사로잡힙니다. 고정관념 또한 굳어진 습관과 다름없기 때문이지요. 지금보다 나은 선택을 하거나 환경을 만들기 위해서는 고정관념은 반드시 깨트려야 합니다.

내 경우를 보자면 다른 건 안 그런데 이상하게도 화장품이나 물건에 대해서는 고정관념을 버리지 못합니다. 나는 한 번 써서 내게 좋다고 생각하면 그 제품이 단종되지 않는 한 계속 그 제품만 씁니다. 아무리 더 나은 제품이 있다고 해도 나의 이런 생각은 변하지 않습니다.

그런데 이런 내 생각을 변화시켜야겠다고 생각한 결정적인 일이 있었습니다. 나는 모 화장품 회사의 젤을 거의 20년 가까이 써왔습니다. 내겐 매우 만족스러웠기 때문인데, 그 제품이 단종되었다는 사실을 알게 된 것입니다. 나는 이곳저곳 화장품 가게를 순례하며 새로운 제품을 찾아보았으나 그 제품만큼 좋은 것을 찾을 수 없었습니다.

그러던 어느 날 한 화장품 가게에 들러 여러 제품 중 향이 부드러운 젤을 사서 집으로 왔습니다. 다음날 사용해 보니 머리카락 고정력이 좋아, 매우 만족스러웠습니다. 순간 나는 한 가지 제품만 고집해 온 나 자신에 대해 생각하게 되었습니다. 무엇이든 한 가지만 고집하지 말고, 다른 것도 살펴봄으로써 더 나은 것을 선택할 수 있도록 해야겠다고 말입니다.

하루하루가 급박하게 돌아가고 있습니다. 날마다 새로운 제품이 쏟아져 나옵니다. 그런데 고정관념에 매여 있다면 더 나은 것을 선택할 기회를 놓치고 맙니다. 이와 마찬가지로 변화가 필요할 땐 변화를 꾀해야 합니다. 그래야 지금보다 더 나은 삶을 통해 자신이 원하는 삶을 살아가게 될 것입니다.

자신을 죽이는 일

“당신의 상상 속에 어떠한 장애물도 두지 마라.”

자기 계발 동기 부여가인 노만 빈센트 필 박사가 한 말입니다. 이 말이 의미하는 것은 부정적인 생각, 부정적인 말 따위를 하지 말라는 것이지요. 부정적인 말과 생각엔 부정적인 에너지가 작용하므로, 사람을 부정적으로 만듭니다. 부정적인 말이 삶에 미치는 영향에 대해 잘 알게 하는 이야기입니다. 아주 오래전 굴이 무너졌을 때의 일입니다. 그때 이젠 우린 다 죽었다고 말하는 사람들과 그래도 우리는 살 수 있다는 사람들로 나뉘었습니다. 살 수 없다고 생각한 사람들의 입에서는 “우린 이제 다 죽은 목숨이야. 도저히 희망이 없어.”라는 부정적인 말이 쉴 새 없이 쏟아져 나왔습니다. 하지만 살 수 있다는 사람들은 “우린 분명히 살 수 있다. 우리 모두 힘을 모아 기도를 하자”라고 말했습니다. 여러 날이 지나고 부정적인 말을 한 사람들은 모두 죽고 말았습니다. 그러나 살 수 있다고 희망을 품고 기도한 사람들은 모두 구조되었습니다. 이 일화에서 알 수 있듯이 부정적인 말과 생각은 사람을 병들게 하고, 망하게 합니다. 그리고 한 가지 분명한 사실은 부정적인 말과 생각을 하는 사람들은 거의 습관적으로 한다는 것이지요. 그래서일까, 부정적인 말과 생각을 하는 사람들과 자주 어울리다 보면 그 사람 또한 부정적인 사람이 되고 맙니다. 이는 무엇을 뜻하는 걸까요. 부정적인 말과 생각 또한 바이러스처럼 전이된다는 것을 의미합니다. 부정적인 사람과는 어울리지 않는 게 좋습니다. 그것은 자신을 부정적인 사람으로 만드는 일이니까요.

오늘 나는

오늘 나는

밥을 먹지 않아도 배가 부르다.

모처럼 시를 두 편이나 썼다.

시는 언제나 나를 들뜨게 한다.

시가 나를 찾아오는 순간은

오랫동안 잊지 못하고 마음에 담아 두고

그리워 그리도 그리워하던

사랑하는 사람을 만난 듯 하염없이 기쁘다.

모처럼 시를 두 편이나 쓴 오늘은

내겐 무한한 축복이다.

자신을 날마다 새롭게

"매일 나 자신을 새롭게 하라. 몇 번이라도 새롭게 하라. 내 마음이 새롭지 않고서는 새로운 것을 기대하지 못한다."

이는 '동양 명언'으로 새롭게 한다는 것, 그것은 일종의 개혁과 같습니다. 개혁이란 고리타분하고 현실에 맞지 않는 관습과 제도를 새롭게 하는 혁명과도 같습니다. 이러한 의미의 개혁은 국가와 사회뿐만 아니라 사람 개개인에 있어서도 꼭 필요한 것입니다. 사람 역시 새로워져야 하며 지금보다는 내일이, 내일보다는 그다음 미래가 더 나아야 합니다. 그래야만 삶에 대한 애착도 생기고 사람답게 살아가는 길이 열립니다. 그런데 변화되는 것을 꺼려, 될 대로 되라는 식으로 산다든가 또는 새로워지는 것에 대한 두려움과 공포를 느낀다면 그것처럼 우매하고 어리석은 일이 어디 또 있을까요. 동양 명언에서 보듯 몇 번이라도 자신을 새롭게 하라는 것은 자신의 마음이 새롭지 못하면 새로운 변화를 기대할 수 없기 때문입니다. 자신을 새롭게 하는 사람, 그 사람이 바로 지혜로운 사람이며, 남보다 앞서서 삶을 이끌어 가는 사람입니다.

떠날 때를 아는 아름다운 뒷모습

미국의 초대 대통령이었던 조지 워싱턴.

그는 대통령이 되고 나서 처음에는 마치 유럽의 황제와 같이 착각하는 행동을 하곤 했습니다. 초대 대통령으로서 대통령의 처세를 어떻게 하는 것이 좋은지에 대해 잘 몰랐던 것이지요. 그러나 시간이 지날수록 워싱턴은 대통령으로서의 자세를 갖추기 시작했습니다. 그는 강력한 정부를 만들기 위해서는 강력한 리더십이 있어야 한다고 믿고, 국정을 지혜롭게 운영하였습니다. 자신을 위해 부를 축적하지 않았으며, 권력을 함부로 남용하지도 않았습니다. 개인의 영달을 위하는 일은 어떤 일도 하지 않았던 겁니다. 워싱턴은 정치지도자가 갖추어야 할 기본자세를 잘 갖춘 지도자였습니다.

특히, 워싱턴은 떠날 때를 아는 멋진 대통령이었습니다. 연임한 그에게 국민들은 종신 대통령이 되어 달라고 요청하였지요. 그러나 그는 단호하고 정중하게 거절하였습니다. 그것은 국가를 위해 바람직하지 않다고 생각했기 때문입니다. 한 사람이 오래 권좌에 있다 보면 독재가 될 수 있으니까요. 워싱턴은 이를 잘 알았던 것입니다.

사실 권력의 맛을 본 사람은 쉽게 자리에서 내려오지 못합니다. 그러다 보니 욕심을 부리게 되고, 그러는 과정에서 유혈 사태가 나기도 하지요. 역사적 관점에서 볼 때 권력에 눈이 멀어 자신을 망친 지도자들이 많습니다. 그만큼 권력의 욕망은 내려놓기가 어려운 일이지요.

워싱턴은 떠날 때를 아는 멋지고 당당한 대통령이었습니다. 만일 그가 국민이 원하는 일이라면 그렇게 해도 좋겠다고 했다면 미국의 역사는 달라졌을 것입니다.

떠날 때를 아는 지도자는 국민의 추앙과 존경을 받습니다. 내려놓기 가장 힘든 권력을 내려놓는다는 것은 국민의 마음을 사로잡기에 조금도 부족함이 없으니까요.

길들여진다는 것은

길들여진다는 것은

그 상황에

끌려가는 것이 아니라

그 상황을

내 의지대로 주도하는 것이다.

지금 필요한 것

무언가를 새롭게 시도하고 싶다면, 지금 자신의 마음 상태를 점검해보기 바랍니다. 내 마음이 새로운 변화를 잘 받아들일 수 있는지, 끈기와 의지가 강한지, 그 일에 대해 잘 알고 있는지 등을 살펴보십시오. 그래서 마음의 상태가 잘 갖춰졌다고 생각이 들면 당장에라도 실행하십시오.

하지만 새로운 것에 대해 두려움을 갖고 있거나, 그것을 받아들일 준비가 되어 있지 않다면, 또 의지와 신념이 부족하다면 절대 실행하지 마세요. 그것은 자신을 스스로 망치는 일이 될 수도 있으니까요.

미국의 미래학자 조엘 바커는 말했습니다.

"실행이 없는 비전은 꿈에 불과하다. 비전이 없는 실행은 시간을 죽이는 데 불과하다. 실행이 따르는 비전만이 세상을 바꿀 수 있다."

그렇습니다. 자신의 마인드를 새롭게 바꾸든, 자신의 삶을 새롭게 바꾸든 간에 실행하지 않으면 아무것도 할 수 없습니다. 실행만이 가장 확실한 답이며 최고의 방법이니까요.

배움에 엔딩Ending이란 없다

"나에게는 일하고 공부하는 것이 전부이다."

독일 최고의 지성 괴테는 말했습니다.

일하고 공부하는 것이 전부라고 말할 수 있는 사람은 얼마나 당당하고 멋집니까. 그러나 괴테처럼 배움에 대한 자부심과 긍지를 가진 사람은 많지 않은 것 같습니다. 배움이란 힘들고 골치 아프다고 여기기 때문이지요.

물론 그 어떤 배움도 골치 아프지 않은 것은 없습니다. 배움이라는 것은 머리를 쓰지 않으면 할 수 없는 것이므로 당연히 그럴 수밖에 없습니다.

이를 일정 기간 참아 낼 수 있다면 공부하는 습관을 들일 수 있지요. 공부하는 습관만 잘 들인다면 배우는 것은 세 끼의 밥을 찾아 먹는 것처럼 즐겁고 쉽습니다.

괴테가 시인으로서, 소설가로서, 정치가로서, 사상가로서 역량을 맘껏 발휘하며 살 수 있었던 힘과 지혜는 멈추지 않았던 배움에 있습니다.

배워야 합니다. 평생을 배워도 모자라는 것이 배움이니까요.

나는 더 이상의 문명의 발전을 거부한다

이세돌 9단과 인공지능 알파고의 바둑 대결은 전 세계의 언론을 집중시킬 만큼 큰 관심을 끌었습니다. 감정을 가진 사람과 감정이 없는 인공지능을 가진 컴퓨터의 대결이라는 것이 큰 이슈가 되었기 때문입니다. 대국 결과는 1승 4패로 이세돌 9단의 참패였습니다. 나 또한 대국을 하나도 놓치지 않고 깊은 관심을 두고 지켜보았습니다. 대국을 시작하기 전 이세돌 9단을 응원하고 있었지만, 첫판을 지고 연속으로 두 판을 지자 제발 나머지 두 판은 이겨주길 바랐습니다. 마침내 4국에서 승리를 거두자 나머지 5국 또한 이길 거라는 확신이 들었습니다. 이세돌 9단이 알파고의 약점을 찾아냈을 거라는 믿음 때문이었지요. 그러나 멋진 대국을 벌인 끝에 안타깝게도 지고 말았습니다.

인공지능이 인간을 이겼다는 것에 대해 나는 깊은 우려를 금할 수 없었습니다. 인공지능의 발달을 긍정적으로 보는 사람들은 인간이 할 수 없는 것을 대신해서 할 수 있으므로 인류 발전에 크게 공헌할 거라고 말하지만, 나는 그렇게 생각하지 않기 때문입니다.

인간은 이성과 감정을 가진 존재로서 창의적이고 생산적인 능력을 지녔습니다. 또한, 기쁨과 슬픔, 옳고 그름을 판단할 줄 아는 따뜻한 가슴을 가진 존재입니다. 그러나 인공지능은 감정이 없는 차가운 기계에 불과할 뿐입니다. 인간의 일을 대신 함으로써 인공지능을 지닌 기계에 일을 빼앗긴 인간은 할 일을 잃고 살아 있는 로봇으로 전락할지도 모릅니다. 아니, 결국 그렇게 될 것입니다. 이는 곧 인류를 곤경에 처하게 함은 물론 끝내는 인류의 멸망을 불러오게 될 것입니다. 창조주가 하는 일을 인류가 대신 할 수 없기 때문입니다.

한때 인간 복제니 동물 복제니 해서 언론을 뜨겁게 달구던 때가 있었습니다. 그러나 그것은 실현을 가장한 거짓이라는 것이 드러나 씁쓸한 기억으로 남아 있습니다. 인간을 비롯한 동물 등 살아 있는 모든 것의 생사화복은 창조주의 고유한 영역입니다. 그런데 인간이 창조주의 영역을 넘본다는 것은 발칙한 오만일 뿐입니다.

우리 인간은 창조주의 형상을 한 존재로서 창의적이고 생산적인 DNA를 지닌 존재입니다. 그래서 동물 중 유일하게 인간만이 과학과 문명을 발전시킴으로써 오늘날에 이르렀습니다.

그런데 아이러니하게도 문명의 발전이 인류를 억압하며 고통으로 몰아가고 있습니다. 경제를 발전시킨다는 핑계로 자연을 마구 훼손하고, 일산화탄소를 배출함으로써 오존층이 파괴되어 지구의 기온이 상승하는, 이상기온 현상으로 세계 곳곳에서 자연재해가 발생하고 있습니다. 한겨울에도 홍수가 나고, 한여름에도 눈이 내리고 해일과 지진으로 수많은 사람들이 목숨을 잃고 삶의 터전을 잃었습니다. 가면 갈수록 자연재해는 더욱 기승을 부리며 인류를 위협할 것입니다. 좋은 집에서 좋은 차를 타고 좋은 음식을 먹고 좋은 옷을 입는 등 삶은 윤택해졌지만 그로 인한 폐해로 인류는 위험에 직면해 있습니다. 이 모두는 인간의 지나친 탐욕이 만들어 낸 결과입니다.

지금보다 더 문명을 발전시키고, 경제를 발전시키는 것은 지양해야 합니다. 잘사는 사람은 점점 잘살고 못사는 사람은 점점 더 못살게 되는 지금과 같은 불합리한 정책은 폐기 처분되어야 마땅합니다. 그리고 하루빨리 모든 사람에게 골고루 부가 분배될 수 있도록 혁신적인 정책을 수립하는 데 역점을 두어야 합니다.

나아가 나만 잘 먹고 잘살자는 생각도 버려야 합니다. 어떻게 나만 잘 먹고 잘살 수 있을까요. 그것 또한 탐욕일 뿐입니다.

지금 당장 인류가 해야 할 일은 망가진 자연을 복구하는 것입니다. 전 세계가 책임지고 최선을 다해야 합니다. 그래서 하루빨리 자연을 원상태로 돌려놓아야 합니다. 이를 망각하면 머지않아 인류는 큰 곤경에 처할 테니까요.

처음은 다, 어렵고 힘들다

처음은

다 어렵게 생각된다.

그러나

처음을 시작하지 않으면

그 어떤 것도 할 수 없다.

사람

소통_배려_공감

진다는 것

꽃이 진다, 낙엽이 진다, 하는 등의 진다는 말은 소멸을 생각하게 합니다. 그래서 진다는 말을 들으면 공연히 울적해지고 마음이 초조해지기도 합니다. 진다는 것은 현재의 자리에서 사라짐을 의미하기 때문이지요. 그러나 진다는 것은 희생을 의미하기도 합니다. 봄여름은 갖가지 꽃을 피워 온 산천을 수놓고, 초록의 이파리를 단 나무들이 푸른 숲 동산을 이룹니다. 그리고 가을이 오면 갖가지 과실을 맺고, 노랗고 빨간 색깔들로 치장한 잎들이 사람들로부터 열렬한 환영을 받습니다. 하지만 겨울이 오면 모든 잎은 땅으로 떨어져 썩음으로써 다음 봄에 태어날 새 생명의 거름이 되지요. 이렇듯 진다는 것은 썩어서 없어지는 것이 아니라, 다시 태어난다는 의미를 내포하고 있습니다. 사람도 마찬가지입니다. 나의 노력과 희생으로 그 누군가가 잘 될 수 있다면 이처럼 아름답고 생산적인 일이 어디 또 있을까요. 보지 못하고, 듣지 못하고, 말하지 못하는 고통 속에서도 자신의 인생을 최고가 되게 했던 헬렌 켈러. 그녀가 자신의 고통을 극복하고 승리할 수 있었던 것은 그녀의 노력도 있지만, 헌신적인 스승 설리번이 있었기에 가능했습니다. 설리번은 헬렌 켈러가

무엇이든 알 때까지 정성과 열정으로 가르쳤습니다. 그러니 그 정성이 얼마나 갸륵한지를 미루어 알 수 있습니다. 헬렌 켈러는 스승의 헌신적인 가르침에 의해 인생 최고의 순간을 맞이할 수 있었지요. 누군가를 위해 나의 노력과 열정을 바치고 헌신한다는 것은 아름답고 고귀한 일입니다. 그래서 누군가에게 의미 있는 인생이 된다는 것은 자신에게도 상대에게도 생산적이고 창의적인 일이 되어야겠습니다.

시 읽는 여자,
그녀의 향기에 젖다

어느 날 원주에서 기차를 타고 서울에 가는 길이었습니다. 제법 많은 사람이 타고 있었습니다. 젊은이들이나 나이 든 사람들이 하는 행동은 별반 다르지 않았습니다. 대개가 스마트폰을 코앞에 두고 문자를 하거나, 게임을 하거나, 전화를 주고받았습니다. 이는 어딜 가나 흔히 볼 수 있는 풍경입니다. 책 읽는 사람은 눈 씻고 찾아볼 수 없었습니다.

그런데 내 눈길을 끄는 여자가 있었습니다. 나이는 20대 후반쯤 되어 보였는데 시집을 읽고 있었습니다. 얼핏 보니 고은 시인의 《상화 시편》이었습니다. 그 시집은 고은 시인이 아내를 위해 쓴 시집입니다.

나도 읽은 시집이었는데 팔순의 노시인이 아내에게 전하는 연서와 같은 시편들이 밤하늘의 별처럼 촘촘히 펼쳐져 있습니다. 노시인의 넉넉하고 푸근한 사랑이, 마치 잘 익은 배처럼 물기를 드러내며 내 마음을 촉촉이 적셔주었지요. 사랑의 감정이란 나이와 전혀 무관하다는 것을 느낄 수 있었습니다.

그녀는 그 시집을 읽으며 무엇을 생각하게 될지 자못 궁금했습니다. 그녀는 적어도 사랑의 감정은 나이를 따지지 않는 것이다, 라고 여길 것 같다는 생각이 들었습니다. 그녀의 눈은 서울에 도착해서야 시집에서 벗어날 수 있었습니다.

좀처럼 볼 수 없었던 시 읽는 여자. 그 어느 꽃이 그녀보다 향기롭고 아름다울까요. 그녀는 맑고 사랑스런 한 송이 시의 꽃이었습니다.

양지와 음지

오월 햇살 맑은 어느 날, 아파트 복도에서 내려다보다 내 눈이 딱 멈추었습니다. 빨간 꽃, 노란 꽃, 갖가지 꽃들로 가득한 아파트 화단은 싱그러움을 가득 머금고 있었습니다. 그런데 나무 그늘에 가려진 곳엔 잔디도 듬성듬성 있었고, 꽃들도 양지의 것들과 달리 활기를 띠지 못한 채 풀죽은 어린아이 같은 모습을 하고 있었지요. 화단이라는 같은 공간에서도 햇살을 받는 양지와 햇살을 덜 받는 음지의 차이는 확연하게 그 차이를 드러냈습니다.

같은 화단에서도 양지와 음지의 차이가 있듯, 사람 사는 일은 얼마나 많은 차이와 그에 대한 모순을 지니고 있는지요. 그런데도 우리는 내가 잘 되고, 아무렇지도 않으면 남도 그런 줄 압니다. 그래서일까, 대개의 사람에게 삶은 언제나 '도' 아니면 '모'라는 이분법적인 사고가 습관적으로 몸에 배어있습니다. 특히, 인생의 양지에 있는 사람들은 인생의 음지에 있는 사람들의 입장을 이해하지 않으려고 합니다. 아니 이해하지 못합니다. 남들도 자신과 같은 줄로 아는 것이지요.

인생의 음지에 놓인 사람들은 그런 사람들이 심히 못마땅하지요. 마치 그들이 자신들에게 돌아올 삶의 몫을 강탈한 것처럼 여기기도 합니다.

살다 보면 인생의 양지에서 음지로, 음지에서 양지로 옮겨가기도 합니다. 하지만 지금 우리 사회의 현실은 그렇지 못합니다. 인생의 양지쪽 사람들에겐 더 많은 햇살이 비추고, 인생의 음지쪽 사람들에겐 더 많은 그늘이 집니다. 이럴 때일수록 인생 양지쪽 사람들의 배려와 관심이 필요합니다. 여유 있고 가진 사람들이 갖지 못하고 여유롭지 못한 사람들에게 양보하고 따뜻한 관심을 보여주어야 합니다. 그렇게 될 때 햇살이 골고루 잘 드는 화단의 꽃처럼 지금보다 나은 균형 잡힌 사회가 될 테니까요.

순응하는 법

풀은 바람에 맞서지 않고
순응함으로써
연약함을 넘어 꽃을 피운다.

나무는 비를 피하지 않고
온몸으로 받아들임으로써
생명의 숨결인 열매를 맺는다.

순응하는 것들은
제 몸을 굽힘으로써
제 모습대로 이어나간다.

하지만 순응하지 못하는 것들은
사람이든 짐승이든 그 무엇이든
제 본질을 잃어버리고
처량하게 퇴락하고 만다.

순응은 지는 것이 아니다.
짐으로써 이기는 것이다.

새, 내 마음에서 사라진 날은

아침마다 찾아와 노래를 부르는 새가 있습니다. 그것도 늘 일정한 시간에 맞춰 노래를 부릅니다. 그날 컨디션에 따라 새의 노랫소리가 다르게 들립니다. 어떤 날은 더 맑고 경쾌한 칸타빌레로, 어떤 날은 스타카토로, 또 어떤 날은 모데라토로, 또 다른 어떤 날은 아다지오로 들리지요.

마치 새가 내 기분을 맞추어주는 것 같아 새소리를 듣다 보면 기분 좋은 날은 더 기분이 좋아지고, 기분이 가라앉은 날은 가라앉은 기분이 서서히 사라지고 나중에는 맑은 마음으로 돌아와 있습니다.

그런데 며칠째 새소리가 들리지 않았습니다. 무언가를 잃어버린 것처럼 가슴 한구석이 허전하니 시려 왔습니다. 그리고 이어 걱정이 되었습니다. 혹여 무슨 일이라도 있나, 하는 마음에서지요.

그러던 어느 날 아침 눈을 뜨고 침대에 누운 채 시계를 보는

데 "삐리리 삐리르르르"하며 귀에 익은 새소리가 들렸습니다. 나는 반가운 마음에 자리에서 벌떡 일어나 현관문을 열고 밖으로 나갔습니다. 아, 바로 그 새였습니다. 그 새는 늘 앉는 나뭇가지에 앉아 목청껏 노래를 불렀습니다. 얼마나 반갑던지 나는 "새야, 잊지 않고 찾아와줘서 정말 고맙다." 이렇게 말하며 마치 반가운 사람 대하듯 했습니다. 새도 내 마음을 알았는지 까만 눈을 깜빡이며 나를 바라보았습니다. 새는 그동안 못 부른 노래를 다 불러주기라도 하는 양 한참이나 신나게 노래를 불러주곤 어디론가 날아갔습니다.

늘 보던 새도 못 보면 궁금해지는 법인데, 좀 더 내 주변 사람들을 아끼고 소중히 여겨야겠습니다. 산다는 것은, 살아간다는 것은 매일매일 만남의 연속이지요. 그 소중한 만남을 나의 무지와 무관심으로 허투루 여기는 일이 없도록 해야 합니다. 그런 사람이 인생을 값지게 사는 사람이지요.

웃음이 예쁜 그녀

내가 사는 아파트 같은 동엔 웃음이 예쁜 여자가 삽니다. 나이는 이십 대 후반쯤 되었을까, 몇 호에 사는지는 잘 모르지만, 엘리베이터에서 가끔 마주칠 때면 하얀 치아를 반짝이며 환하게 인사를 합니다. 하도 웃음이 예뻐 어쩜 저리도 웃음이 예쁠까, 하는 생각에 덩달아 미소가 지어집니다.

나는 처음엔 무덤덤하게 인사를 받았습니다. 그녀가 내게 인사를 할 까닭이 없었기 때문이지요. 그런데 나도 그녀를 모르고 그녀 또한 나를 모를 진데 그녀가 인사를 하는 것은 같은 아파트에 사는 손윗사람에 대한 예의라는 생각이 들었습니다. 그렇게 생각하니 참 예의가 바른 여자구나, 하는 생각이 들며 그녀의 웃음이 더 예쁘게 보였지요.

그 후 그녀가 나를 보고 인사를 하면 나 또한 환하게 웃으며 인사를 했습니다. 그녀와 마주친 날은 공연히 기분이 좋아지곤 합니다.

인사를 해서 뺨 맞는 법은 없습니다. 오히려 안 해서 예의가 없다고 욕을 먹지요.

같은 아파트에 살아도 누가 누군지 알지를 못합니다. 나나 사람들 모두가 타인에 대한 관심이 없어서이지요.

그러니 웃음이 예쁜 그녀처럼 먼저 다가가 인사를 한다는 것은 쉽지 않습니다. 그런데도 그녀는 너무도 자연스럽게 인사를 하니 그녀가 어찌 예쁘지 않을 수 있을까요.

"안녕하세요?"

이 말 한마디면 상대방의 굳게 닫힌 마음의 문도 열게 할 수 있습니다. 인사는 소통의 수단으로 아주 그만이니까요. 인사를 상냥하고 멋지게 잘하는 사람, 그런 사람이 진정으로 소통의 귀재입니다.

화장실과 클래식

청량리역 화장실을 이용할 때면 어김없이 클래식 음악이 흘러나옵니다. 처음엔 화장실 격에 맞지 않게 무슨 클래식? 하고 생각한 적도 있습니다. 그런데 화장실을 이용할 때마다 듣게 되니 화장실과 클래식도 나름 괜찮은데, 라는 생각이 들었습니다. 거기다 진한 커피 향까지 나니 이건 마치 카페에 와 있는 듯한 착각이 일곤 합니다.

승객을 배려하는 청량리역 직원들의 마음이 참 아름답다는 생각이 들었습니다. 그들 또한 화장실에 클래식을 틀기 전에는 많은 생각을 했을 겁니다. 화장실에 난데없는 클래식이라니, 하고 생각하는 사람들이 많을 거라는 생각에서겠지요. 그런데도 화장실에 클래식 음악을 틀어준다는 것은 하나의 용기이자 승객을 위한 따뜻한 배려임이 틀림없습니다.

대개의 사람은 분위기와 격에 맞지 않으면 아예 해볼 생각조차 하지 않지요. 그것은 하나 마나 한 일이라고 여기는 까닭이지요. 하지만 언밸런스가 도리어 감동을 주고 좋은 결과를 낳곤 합니다. 이런 언밸런스, 즉 부조화한 것을 조화롭게 끌어내는 것, 이것이야말로 진정성을 짙게 느끼게 하는 긍정의 마인드입니다.

이상적인 삶의 방식

자기 삶은 스스로에 영향을 많이 받습니다. 그러다 보니 본인의 의지에 따라 삶은 그 색깔을 달리합니다. 하지만 아무리 의지가 강해도 안 되는 일이 있는데, 이럴 때 고민하지 않고, 순리대로 따르면 뜻밖에 좋은 결과를 얻게 되지요.

"불가피한 일은 조용히 받아들여라."

소크라테스가 한 말로, 여기서 불가피한 일이란 인간의 힘으로는 어찌할 수 없는 일을 말합니다. 순리를 따르는 것이 가장 이상적인 삶의 방식일 때가 있습니다. 그런데도 사람들 중엔 순리를 거부하고 무리를 해서라도 인위적으로 해결하려고 합니다. 그러다 보니 정도를 벗어나는 일도 서슴지 않습니다. 풀은 아무리 바람이 세게 불어도 꺾이지 않습니다. 바람이 부는 방향에 따라 몸을 맡기기 때문이지요. 나무나 꽃들은 비가 내리면 피하지 않고 비를 맞음으로써 잎을 피우고, 꽃을 피워 과실을 맺습니다. 만일 이를 거부하면 뿌리째 뽑히거나, 잎도 꽃도 피우지 못하고 과실 또한 맺지 못할 것입니다. 자연의 이치가 이러하듯 나의 의지가 미치지 못할 땐 할 수 있는 한 최선을 다하되, 자연의 섭리에 맡기는 것도 좋은 방식이라고 할 수 있습니다.

어진 사람에게는 적이 없다

인자무적仁者無敵이라는 말이 있습니다. 어진 사람에게는 적이 없다는 말이지요. 어진 사람은 우쭐하거나 교만하지 않습니다. 또한, 경거망동하지 않으며 매사에 사려 깊게 행동합니다. 누구에게도 거부감을 주지 않습니다. 이러다 보니 어진 사람을 적으로 삼거나 경쟁의 대상자로 삼지 않는 것이지요.

그러나 어질지 못한 사람은 누구에게나 함부로 말하고 행동함으로써 눈살을 찌푸리게 하고 거부감을 줌으로써 적을 지게 합니다. 그래서 어질지 못한 사람을 가까이하려고 하지 않습니다. 가까이 해봐야 좋을 게 없다는 걸 잘 알기 때문이지요.

이렇듯 삶을 살아가는 데 있어 어진 사람이 되느냐, 그렇지 않느냐는 매우 중요합니다. 그러면 어진 사람이 되기 위해서는 어떻게 해야 할까, 라는 생각을 하게 될 것입니다. 또 이에 대해 어진 사람은 타고나는 걸까, 아니면 후천적인 노력으로 만들어지는 것일까, 라는 의문을 갖게 됩니다. 결론적으로 말하면 선천적으로 타고난 성품에도 있지만, 자신이 만드는 것입니다. 이에 대해 공자孔子는 다음과 같이 말했습니다.

"인덕이 어디 멀리 있는 것인가, 내가 어질고자 하면 어짊에 이른다."

그렇습니다. 어진 성품은 후천적인 노력으로도 얼마든지 만들 수 있습니다. 한때 온당치 못한 일로 원성을 샀던 사람이 자신의 잘못을 깊이 뉘우치고, 선하고 어진 사람으로 변화한 예를 종종 볼 수 있습니다. 이를 보면 공자가 한 말은 매우 지당하다고 할 수 있지요.

어진 사람은 대개 소통 능력이 좋습니다. 그것은 상대에게 거부감을 주지 않기 때문인데, 예나 지금이나 이는 시대를 초월하여 절대 변하지 않는 진리입니다.

나무와 산비둘기

내가 사는 아파트 옆으론 나지막한 동산이 있는데 그곳엔 아카시아나무, 밤나무, 대추나무 등 갖가지 나무들이 있습니다. 그 아래로 길이 나 있는데, 그곳을 지날 때면 마음이 시원해짐을 느끼곤 합니다. 특히 봄이나 여름엔 갖가지 들꽃이 피어 있어 그 길을 지나가면 한적한 시골길을 걷는 듯한 착각이 일기도 하지요. 그런 까닭에 나는 우체국을 갈 때나 시내를 갈 때면 좋은 길을 놔두고 꼭 그 길로 걸어갑니다.

어느 해 몹시 추운 겨울, 길을 가다 앙상한 나뭇가지에 수십 마리의 산비둘기가 앉아 있는 것을 보게 되었습니다. 앙상한 가지가 비둘기 떼로 인해 축 처지는 느낌을 받았는데, 산비둘기는 최대한 나뭇가지의 안쪽으로 몰려 있었습니다. 그 모습이 마치 나무가 산비둘기들을 편히 쉬게 하려고 나뭇가지를 끌어 올리는 것처럼 보였습니다. 또 한편으로는 나무의 그런 마음을 알고 산비둘기들이 최대한 나뭇가지 안쪽으로 들어가 나뭇가지가 쳐지지 않게 하는 것처럼 생각되었지요.

이는 어디까지나 내 생각이지만, 나무는 산비둘기를, 산비둘기는 나무를 위하는 것처럼 보였습니다.

서로를 배려하고 사랑하고 아껴주는 마음처럼 아름다운 모습은 그것이 무엇이든 마음을 평화롭게 하지요. 아무리 삶이 힘들고 고통스러워도 사랑하는 마음을, 배려하는 마음을 잊지 말아야 합니다. 그것을 잃는 순간, 우리의 꿈도, 미래도 시들은 꽃잎처럼 쓸쓸하고 처량해질 테니까요.

한결같은 사람

언제나 말하는 것, 행동하는 것, 사람들을 대하는 것 등 일거수 일투족이 똑같은 사람을 말할 때 한결같은 사람이라고 하지요. 이런 사람은 처음과 끝이 같은 사람입니다. 그래서 이런 사람은 믿음을 주고 신뢰를 하게 됩니다.

모 택배회사 기사가 있습니다. 이 사람을 안 지 4년 되었습니다. 그는 처음 우리 집에 물건 배달을 한 후 지금까지 늘 같은 표정으로, 신속 정확하고, 인사를 빼놓지 않는 친절한 서비스 정신을 한결같이 유지하고 있습니다. 다른 택배기사들은 얼굴을 익힐 만하면 다른 사람으로 바뀌는 등 변동이 많은데 이 택배기사는 성실하기까지 하니, 그를 보는 것만으로도 공연히 기분이 좋아지곤 합니다.

어느 해 겨울 몹시 추운 날이었습니다. 그가 물건을 가지고 왔는데 손이 발갛게 얼어있었습니다. 그 모습을 보니 마음이 찡해졌습니다. 나는 택배기사가 오면 장갑을 선물해주고 싶어 장갑을 사 두었습니다. 그러던 어느 날 그가 물건을 가지고 왔습니다. 그는 여느 때와 다름없이 신속하고 친절하게 물건을 전달해주었습니다.

"저, 이거 장갑인데 주고 싶어 샀습니다. 다른 뜻은 없으니 부담 갖지 마세요."

나는 이렇게 말하며 장갑을 건넸습니다.

"감사합니다만 저는 장갑이 없어도 됩니다."

그가 웃으며 말했습니다.

"아니 왜요? 날씨가 이렇게 추운데."

나는 그가 부담스러워 하는 말로 알고 그의 손에 장갑을 쥐여주었습니다.

"수시로 물건을 배달해야 하고, 주소를 써야 하기 때문에 장갑이 필요 없습니다. 저 생각해주시는 선생님 마음만 감사히 받겠습니다."

그는 이렇게 말하며 인사를 하고 갔습니다. 나는 수시로 물건을 배달하고 주소를 써야 한다는 것을 미처 생각지 못했습니다.

"마음이 한결같은 사람을 만나고 싶다. 없으면서 있는 체하고, 텅 비었으면서도 가득 찬 체하며, 좁은 소견을 가졌으면서도 넓은 견문을 지닌 양 허세를 부리는 것이 요즘 사람들의 모습이다. 자신의 삶을 있는 그대로 받아들이며 '인생은 이로써 충분하다'라고 말하는 한결같은 마음을 지닌 이를 만나기란 좀처럼 쉽지 않다."

《논어論語》의 〈술이〉 편에 나오는 말로 마음이 한결같은 사람을 만난다는 것이 쉽지 않은 걸 보면 예나 지금이나 '한결같은 사람'이 된다는 것은 쉽지 않다는 걸 알 수 있습니다.

그러고 보면 그 택배기사는 아주 보기 드문 사람임은 틀림없습니다. 그를 보면서 자기 일을 즐겁게 하고, 사람들에게 인정받는다는 것은 참 행복한 일이라는 걸 새삼 느꼈습니다.

수녀와 취객

부천에서 일을 끝내고 서울로 향하는 지하철에 올랐습니다. 얼마쯤 지나자 웬 남자가 한쪽 구석 자리에 앉아 있는 수녀를 향해 큰 소리로 지껄여대기 시작했습니다. 술을 마시고 취한 게 분명했습니다. 가만히 남자의 말을 들어보니 자신이 알고 있는 성경 말씀을 들어 수녀에게 역설하였습니다. 사람들의 눈은 일제히 수녀와 남자에게 집중되었지요. 처음엔 당황해 하던 수녀는 빙그레 미소를 띤 체 아무 말 없이 남자가 하는 말을 다 들어주었습니다. 그러자 남자는 물 만난 고기가 물속을 맘껏 돌아치듯 더 큰 소리로 떠들어댔습니다. 하지만 수녀는 전혀 언짢은 내색도 없이 미소를 띤 채 남자의 말을 계속 들어주었습니다.

그러기를 얼마나 했을까, 남자는 갑자기 허리를 굽혀 수녀에게 인사를 하더니 지하철이 멈추자 비틀거리며 내렸습니다. 그제야 수녀는 올무에서 벗어난 새가 하늘을 날 듯 안도하는 모습이었습니다.

나는 그 모습을 보고 수녀의 아름다운 인내에 감동했습니다. 물론 그녀가 수녀라는 직분을 망각할 수 없어서라고 말할 수도 있겠지만, 나는 그녀의 마음이 아름다워서라고 생각했지요. 아무리 수녀라 할지라도 자리를 피하거나 그만하라고 제재 정도는 할 수 있을 텐데도 그녀는 그러지 않았습니다. 그녀는 남자를 잘 이해했던 것입니다. 그냥 들어만 주어도 아무런 일이 없을 거라고 믿었던 것이지요. 만일 그녀가 그만하라고 했다면 남자는 화를 내든 그녀에게 욕을 할 수도 있었을 테니까요.

자신과 아무 상관도 없는 사람의 말을 들어준다는 것은 곤혹일 수도 있습니다. 더구나 술 취한 사람의 말을 들어준다는 것은 곤혹스러움을 넘어 고통이지요. 수녀는 이미 그 답을 알고 있었던 것입니다. 그녀의 아름다운 인내를 보며 마음이 참 따뜻했습니다.

우리 동네 말구 씨

내가 사는 아파트 옆 골목엔 허름한 집이 마치 술에 찌든 사내처럼 맥없이 서 있습니다. 그 집 주인 또한 술에 절어 늘 부스스한 모습입니다. 집이나 주인이나 똑같은 모습이지요.

주변 사람들은 그 집 주인을 말구 씨라고 부릅니다. 그가 말끝마다 '말구'라고 해서 붙여진 별칭이지요. 그런데 말구 씨에게는 가슴 아픈 사연이 있습니다. 마흔이 다 된 나이에 결혼을 했는데, 그가 오십이 다 돼 직장에서 잘리는 바람에 그의 젊은 아내는 늦게 얻은 아들을 데리고 집을 나갔다고 합니다. 그는 집 나간 아내를 찾아가 같이 살기를 간청했지만, 외면당하고 혼자 산다고 합니다.

그가 매일 하는 일이라고는 빈속에 소주를 마시는 일입니다. 골목을 지나다 보면 가끔 그를 보게 되는데, 볼 때마다 그는 술에 절어 있었고 그의 손엔 소주병이 들려져 있었지요.

술에 절어 그의 얼굴은 아프리카인보다도 더 새카맣습니다. 술로 자신의 외로움과 고통을 이기려는 그의 마음을 이해하지만, 그렇다고 해서 자신의 몸을 망가뜨려 가며 술을 마신다는 것은 살기를 거부하는 행위와 같습니다. 주변 사람들은 그에게 술을 줄이라고 말하지만, 그는 술 없이는 단 하루도 못산다고 말하곤 합니다.

사랑을 잃은 자의 지독한 아픔을 보는 것 같아 그를 볼 때마다 강한 연민을 느낍니다. 직장이 없고 돈이 없다는 것은 그에겐 치욕과도 같은 일이었습니다. 그가 직장이 있고, 돈이 있다면 그의 아내는 그를 버리지 않았겠죠. 가진 게 없고 가난하다는 것은 죄가 아니라지만, 그를 보면 없는 것과 가난은 분명 죄입니다. 물질 만능 시대인 지금은 '사랑'만 갖고 살 수 없습니다. 사랑보다 더 중요한 것은 돈입니다. 돈만 있으면 사랑도, 명예도 그 무엇도 할 수 있는 시대이니까요.

말구 씨는 어쩌면 이 시대의 대표적인 희생자인지도 모릅니다. 최첨단을 걷는 시대가 낳은 전형적인 불행, 그 불행을 그에게서 볼 수 있으니 말입니다. 그에게 따스한 봄날같은 날이 오기를 빌어봅니다.

억울한 까마귀의 항변

아침부터 까마귀가 "깍깍" 울어댑니다. 무슨 일인지는 몰라도 아파트가 떠들썩거릴 만큼 요란스러웠습니다. 까마귀에게 사람들이 모르는 기분 나쁜 일이 있는지, 아니면 긴박한 일이 있는지 알 수 없는 일이지요. 까마귀 울음소리로 보아 문득 그런 생각이 들었으니까요.

까마귀는 검다는 이유로 예로부터 흉조로 알려졌습니다. 하지만 까마귀는 해충을 잡아먹는 새일 뿐만 아니라 사람에게 피해 주는 일을 하지 않는다고 합니다. 그저 몸 색깔이 검다는 이유만으로 그 모진 미움을 받는 거지요.

이에 비해 까치는 예로부터 길조로 알려져 까치가 울면 사람들은 오늘 좋은 일이 있을 거라며 기분 좋아합니다. 하지만 까치는 과수 농사를 망치게 하는 주범입니다. 그것도 사과나 배 등 맛있는 과일만 골라 마구 쪼아대고, 먹어댄다고 합니다. 농부들은 까치를 쫓아내기 위해 총소리를 내거나, 매와 같은 맹금류의 울음소리를 녹음한 것을 틀어 놓기도 합니다. 처음 얼마간은 속지만 시간이 지나면 자신이 속았다는 걸 알고는 다시 같은 일을 반복합니다. 까치가 머리가 좋아서라고 합니다. 이런 이유로 농부들은 까치를 보면 몸서리를 칩니다. 그래서 총으로 쏘아 잡기도 하지만 곧 한계에 부딪히지요. 그만큼 농부들에겐 골치 아픈 새가 까치입니다.

까마귀는 농부에게 피해를 주지 않습니다. 그런데도 까마귀를 기분 나쁘게 생각하는 건 그릇된 편견일 뿐이지요. 까마귀로서는 미치고 팔딱 뛸 만큼 억울하고 분할 것입니다.

우리는 살아가면서 쓸데없는 편견에 사로잡힐 때가 많습니다. 편견은 상대를 곤경에 빠트리는 매우 잘못된 일이지요. 편견에 사로잡히지 않아야 합니다. 불필요한 편견은 상대는 물론 자신의 인격까지도 무너지게 합니다. 있는 그대로 봐주고 있는 그대로 인정해 주는 배려가 필요합니다. 이것이 편견을 극복할 수 있는 가장 근본적인 방법이니까요.

생각하며 사는 사람이 아름답다

생각이 멈추는 순간 그 사람은 이미 죽은 사람입니다. 죽은 사람은 생각할 수 없으니까요. 그런데 요즘 가만히 보면 생각 없이 사는 사람들이 자주 눈에 띕니다. 자신이 좋으면 아무 데서나 담배를 피우고, 큰 소리로 떠들어대며, 아무 데서나 자신의 감정대로 말하고 행동합니다.

이런 말과 행동은 타인을 불쾌하고 불편하게 만드는 것은 물론 자신을 부끄럽게 만드는 유치하고 졸렬한 일입니다. 생각이 있는 사람은 그렇게 하라고 시켜도 하지 않습니다. 인간에 대한 최소한의 예의를 아는 까닭이지요.

생각 없이 사는 사람은 인간에 대한 최소한의 예의는 고사하고, 방약무인傍若無人하기가 그지없습니다. 이런 사람은 어디를 가더라도, 누구를 만나더라도 제 버릇대로 말하고 행동합니다. 마치 타인에 대한 개념이 없는, 사람 형상을 한 로봇 같다는 생각이 들곤 합니다.

사람이 사람인 까닭은 생각할 줄 아는 데 있고, 옳고 그름을 아는 데 있습니다. 또한, 해서는 될 일과 안 될 일을 아는 데 있으며 인간에 대한 예를 갖출 줄 아는 데 있습니다.

사람의 형상을 했다고 해서 다 같은 사람이라는 생각은 무지의 극치이며, 생각을 하고 사는 사람들에 대한 오만이며 수치입니다.

생각하며 사는 것은 어렵지 않습니다. 내가 무엇을 말하고 행동하기 전에 남을 먼저 생각하고 배려하는 마음을 갖추면 됩니다. 그것은 자신을 한 사람의 인격자로 만듦은 물론 모두에게 자신을 필요하게 만드는 기본적인 자세이니까요.

인생의 찬란한 보석

《생각하라, 그러면 부자가 되리라Think and Grow Rich》라는 책을 써서 일약 베스트셀러 작가가 됨은 물론, 최고의 자기 계발 동기 부여가가 된 나폴레온 힐은 앤드루 카네기의 격려로 크게 성공하였습니다.

그의 청년 시절은 평범했습니다. 글쓰기를 좋아했던 그는 지역의 여러 신문과 잡지사에 글을 기고하면서 작가의 꿈을 키웠습니다. 그는 변호사가 되기 위해 대학에 입학했지만, 학비와 생계를 위해 잡지사의 기자가 되었습니다. 그는 자기 일에 열정을 가지고 발품을 팔며 새로운 기삿거리를 찾아다녔습니다.

그러던 어느 날이었습니다. 그는 세계 최고의 자산가 앤드루 카네기를 취재하는 행운을 맞게 되었습니다. 그는 카네기와 함께하며 어떻게 해서 세계 최고의 부자가 되었는지 알게 되었습니다. 그때 카네기로부터 뜻밖의 제안을 받았습니다.

"힐 군, 자네 성공한 사람들을 취재해 책을 내보지 않겠는가?"

나폴레온 힐은 카네기의 말을 듣고 곧바로 대답하지 못했습니다. 꿈에도 생각지 못한 제안이었기 때문이지요.

"내가 앞으로 20년 동안 성공한 사람들 500인의 소개장을 써 주겠네. 그 사람들의 성공 비결을 체계적으로 연구하면 훌륭한 성공 철학서가 될 것이라고 믿네. 다만 경제적인 측면에서는 그 어떤 도움도 줄 수가 없네. 어떤가. 한 번 시도해 보겠나?"

카네기는 인자한 미소를 지은 채 말했습니다.

"네! 한번 해보겠습니다."

나폴레온 힐의 입에서는 기다렸다는 듯이 대답이 흘러나왔습니다. 카네기는 시계를 보며 말했습니다.

"힐 군, 자네가 나의 제안을 받아들이는 데 꼭 29초가 걸렸군. 만일 1분을 넘겼다면 이 제안은 자네에게 맡기지 않았을 거야."

"감사합니다. 열심히 해보겠습니다."

나폴레온 힐은 이렇게 말하며 두 주먹을 꼭 쥐었습니다. 그 모습을 보고 카네기는 빙그레 미소 지었습니다.

그날 이후 나폴레온 힐은 20년 동안 카네기가 소개해 준 507명의 성공한 사람들을 만나 인터뷰하며 그들의 성공 비결을 분

류해 치밀하게 분석한 뒤 글을 썼습니다. 그렇게 나온 책이 그의 출세작 《생각하라 그러면 부자가 되리라》입니다. 이 책은 그의 인생을 완전히 바꿔놓았습니다. 그는 성공학의 전문가로 주목받기 시작했고 날이 갈수록 명성이 높아졌습니다. 예금통장에는 높아진 명성만큼 돈이 쌓여 이내 백만장자가 되었지요.

나폴레온 힐은 실천 프로그램인 'PMA'를 작성하여 널리 보급하였고, 그의 능력을 높이 산 윌슨 대통령은 그를 홍보 비서관에 임명했습니다. 또 루스벨트 대통령은 그를 고문관으로 임명하였지요. 만일 그가 카네기의 제안을 받아들이지 않았다면 그는 평범한 사람으로 살았을 것입니다.

나폴레온 힐이 카네기의 마음을 샀던 것은 카네기의 말에서 보듯 그가 듣기를 바랐던 대답을 했기 때문입니다. 카네기는 자신의 제안을 망설임 없이 받아들인 나폴레온 힐이 마음에 들었던 것이지요.

나폴레온 힐이 그랬듯이 좋은 격려자를 두기 위해서는 그만한 가치성을 인정받아야 합니다. 그렇지 않으면 그 누구도 격려자가 되길 원하지 않습니다. 가치성이 없는 사람은 자신에게 피해를 줄 거라고 믿기 때문이지요.

또한, 인격을 갖추어야 하고, 예의범절을 반드시 갖춰야 함을 잊지 말아야 합니다. 좋은 격려자를 자신 곁에 둔다는 것, 이는 풍족한 자산보다도 더 가치가 있는 인적 자산입니다.

굿 마인드

사람들 중엔 상대의 단점만 보는 사람이 있습니다. 이런 사람의 눈엔 장점은 들어오지 않고 단점만 들어옵니다. 단점을 본다는 것은 그 사람의 마인드가 지극히 부정적임을 의미하지요. 또한, 열등의식에 사로잡혀 있음을 의미합니다.

이는 매우 불합리하고 모순된 일입니다. 그래서 이런 사람은 소극적이고 비판적이고 자기 부정적이지요. 이런 사람에겐 아무리 긍정적인 말을 해도 소용이 없습니다. 자기 최면에 빠져 자신이 하고 싶은 대로만 하려고 드니까요. 그런 까닭에 비창조적이고 비생산적이며, 마이너스적인 인생을 살아갈 수밖에 없습니다.

인간관계에 있어 좋은 유대 관계를 이어가기 위해서는 상대의 장점을 보아야 합니다. 사람은 누구나 자신의 좋은 점을 봐줄 때 그 사람에 대해 호감을 느끼고 대하지요.

그래서일까, 상대의 장점만 보는 사람은 누구에게나 좋은 이미지를 심어줍니다. 그래서 이런 사람 주변엔 창조적이고 생산적인 마인드를 가진 좋은 사람들이 많습니다.

그리고 상대의 장점을 보다 보면 긍정의 에너지가 발생합니다. 긍정의 에너지는 창조적이고 생산적인 인생을 살아가게 도와줍니다.

자신을 한번 점검해보십시오. 나는 상대의 장점만을 보는 사람인지 아니면 단점만을 보는 사람인지를. 만일 단점만 본다고 생각되면 지금 당장 장점을 보는 눈을 갖도록 해야 합니다. 그렇게 될 때 인생을 좀 더 즐겁고 여유롭게 살아가게 될 테니까요.

남을 도와주는 미덕

남을 도와주는 사람들에겐 한 가지 공통점이 있습니다. 그것은 자신이 행복하기 위해서 남을 도와준다는 것입니다. 자신의 만족을 위해 사는 것도 자신을 행복하게 하지만, 다른 사람을 도와줌으로써 얻는 행복은 그 깊이가 다르지요. 행복이라는 것은 다 같은 것으로 알지만 무엇을 하고, 어떻게 하느냐에 따라 깊이와 색깔을 달리하기 때문이지요.

만일 자신이 더 많은 행복을 원한다면 자신과 다른 사람을 동시에 행복하게 할 수 있는 일을 하면 됩니다.

하버드대학 긍정심리학과 교수이자 베스트셀러 작가로 《하버드대 52주 행복 연습》 저자인 탈벤 샤하르Tal Ben Shahar는 다음과 같이 말했습니다.

"다른 사람을 많이 도와줄수록 내가 더 많이 행복해지기 때문에 점점 더 행복해지기 위해 점점 더 많은 사람을 도와주려는 것이다."

탈벤 샤하르의 말은 매우 설득력이 있습니다.

아무리 힘들고 어려워도 꾸준히 봉사활동을 계속 하는 것은 바로 자신이 더 많이 행복해진다는 것을 잘 알기 때문입니다.

자신이 진정으로 행복하고 싶다면 자신을 돕듯 남을 도와보세요. 그리고 한 가지 명심할 것은 그 어떤 대가도 바라지 말아야 합니다. 대가를 바라다보면 '대가'라는 덫에 걸려 행복은 고사하고, 상대는 물론 자신까지도 우울한 기분에 빠져들게 하니까요.

지금 이 순간 자신은 어떤 사람인가를 곰곰이 생각해보십시오. 만일 자신을 돕듯 남을 돕지 않았다면 지금이라도 그 어떤 대가도 바라지 말고 남을 도와주십시오. 그렇게 될 때 진정한 기쁨과 행복을 누리게 될 것입니다.

소통의 힘

언젠가 우연히 MBC 방송을 보다 탤런트 최수종 부부가 아마존 부족 야물루 가족과 함께 하는 장면을 보게 되었습니다. 최수종 부부가 아마존에 가서 그들과 함께 지낸 적이 있는데, 그 답례로 그들을 자신의 집으로 초대한 것입니다.

두 가족은 마치 가까운 친척이 만난 듯 서로를 얼싸안고 다시 만나게 됨을 기뻐하였습니다. 말도 통하지 않고, 생활 방식도 다르고, 전통과 관습도 판이하였지만 그들은 가슴으로 느끼고, 말하고, 행동하였습니다.

소통의 가장 중점적인 요소는 '말'입니다. 말은 자기 생각을 상대에게 신속하게 전달함은 물론 자신이 원하는 것을 얻게 하는 수단이지요. 최수종 부부와 야물루 가족은 말도 관습도 달랐지만, 그 누구보다도 잘 통했습니다.

이들이 서로 잘 통할 수 있었던 것은 바로 '진정성'에 있습니다. 서로를 믿어주고, 아껴주고, 보듬어주는 진실한 마음이 서로를 강하게 끌어당긴 것입니다.

그런데 많은 사람이 소통의 어려움을 겪고 있다고 합니다. 말도 통하고 관습도 같은데 왜 그리도 소통이 어려운 것일까요. 그것은 바로 상대의 마음을 움직이지 못하기 때문이지요.

상대를 움직이는 힘은 바로 '진정성'이 담긴 말과 행동입니다. 진정성이 담긴 말과 행동을 상대가 느끼게 되면, 상대는 마음을 열고 자신 또한 진정성을 갖고 다가옵니다. 진정성과 진정성이 만나 하나로 어우러지면, 소통은 물 흐르듯이 자연스럽게 이루어지는 까닭이지요.

세상이
원하는 사람

자신에게 진실한 사람은
모두에게 진실하지만,

자신에게 불성실한 사람은
모두에게 불성실하다.

세상은 자신에게 진실한 사람을 원한다.

그 어떤
시련 앞에서도 진실을 버리지 마라.

우리가 막다른 길에서도
호흡을 멈출 수 없는 건

섣달그믐날
한쪽으로 기운 하늘 동편 끝으로
점점이 떠서 새들이 날아간다.

그 뒤를 헐떡이며
한 줄기 빛이 따라간다.

떠나가는 것들은
새든 한 줄기 빛이든 바람이든
모두 슬픈 눈을 가졌다.

하지만 다시 돌아온다는
그 기약만으로도
우리는 꿈을 버리지 않는다.

우리와 함께 하는 모든 것들은
떠나고 다시 돌아오고
돌아왔다가 다시 떠나기를 반복하며
저마다의 호흡으로 이 길을 간다.

떠나는 것들은
모두 외로운 눈을 가졌다.
그러나 우리가 막다른 길에서도
호흡을 멈출 수 없는 건
저마다의 숨결이 환하고
푸르게 살아있기 때문이다.

나는 어떤 유형의 인간형인가

사람들의 유형類型을 살펴보면 크게 3가지로 나눌 수 있습니다. 적극적인 인간형과 소극적인 인간형, 그리고 중립적인 인간형이 바로 그것입니다.

적극적인 인간형은 매사에 능동적이고, 무언가를 끊임없이 생각하고, 계획하고, 일단 계획한 것은 추진하는 사람입니다. 이런 사람들은 대개 실패를 두려워하지 않을 뿐더러 설령 실패하더라도 툭툭 털고 일어나는 오뚝이와 같습니다. 이런 사람들의 가슴은 늘 뜨거운 기운이 감돌고, 창조적이며, 새로운 것에 대한 기대가 큽니다. 그래서 가만히 있지 못하고 새로운 정보와 지식을 얻기 위해 책을 읽고, 신문을 보고, 남의 말을 경청하는 것을 게을리하지 않습니다. 한마디로 말해서 늘 에너지가 충만한 사람입니다.

소극적인 인간형은 매사에 자신감이 없고, 새로운 일을 두려워하고, 귀찮아하며, 미루는 경향이 많습니다. 그리고 피동적이고, 상대방의 눈치를 살피고, 실패에 대한 두려움으로 가득 찬 눈을 갖고 있습니다. 그래서 이런 사람들 가슴엔 뜨거움이 없고, 새로운 변화를 별로 내키지 않아 합니다. 그러다 보니 늘 똑같은 모습으로 있거나 퇴보적인 생활을 보여 줍니다. 이런 사람들은 큰일을 할 수도 없고 일에 대한 성취감이나 기대감도 높지 않습니다. 현대를 살아가는 데 있어 그렇게 달가운 인간형은 아닙니다.

중립적 인간형은 기회주의적인 성격이 매우 농후한 사람입니다. 한마디로 머릿속 계산이 빠른 사람입니다. 자기 스스로가 어떤 일을 추진하기 전에 남들이 하는 것을 유심히 지켜보다가 그것이다 싶으면 그 일에 뛰어들고, 그렇지 않다 싶으면 그 일에서 눈을 떼고 맙니다. 그래서 이런 사람들 가슴엔 눈치만이 그득하고, 새로운 일을 찾아 나서는 것보다 남들이 해 놓은 것을 답습하고 모방하려는 경향이 많습니다. 어떻게 보면 현재의 삶을 쉽게 살려고 하고 쉽게 살아가는 방법을 꾀하는 사람이라고 할 수 있습니다.

자신이 원하는 삶을 추구하기 위해서는 적극적인 인간형이 되어야 합니다. 그렇게 될 때 자신이 추구하는 일을 성공시킴으로써 만족한 인생을 살게 될 테니까요.

봄을 점령당하다

봄이 되면 싱그럽고 생기 있는 자연의 변화에 경탄을 금하지 못하곤 했습니다. 그런데 이젠 봄이 되면 걱정부터 앞섭니다. 푸른 하늘과 파란 자연을 온통 칙칙하게 만들어 놓는 황사 때문이지요. 게다가 호흡기 질환은 물론 중금속 오염으로 인해 건강에 해를 입히는 까닭이기도 합니다.

어느 날 원주에서 서울로 가는 내내 차창 밖으로 누런 황사가 온통 하늘을 뒤덮고 있었습니다. 그 모습이 마치 죽음을 예고하는 듯해서 기분이 찜찜할 뿐만 아니라 가슴이 꽉 막히는 듯 답답했습니다. 그날 온종일 황사는 점령군처럼 우리나라 하늘을 누렇게 물들였지요.

나는 주로 밤에 산책을 합니다. 그런데 봄이 되면 거의 산책을 할 수 없습니다. 황사로 인해 단 5분만 걸어도 가슴이 막힌 듯 답답하기 때문이지요. 황사로 인해 봄이 주는 자연의 풋풋하고 싱그러운 멋을 느낄 수 없습니다.

이 무지막지한 황사의 진원지는 중국의 사막지대입니다. 우리나라도 아닌 중국이 원인을 제공하고 보니, 왜 우리가 중국에서 발생한 황사로 인해 고통받아야 하는가, 라는 생각에 억울한 마음마저 듭니다.

사막 지대에 나무를 심고 관리만 잘해준다면 얼마든지 황사를 막을 수 있습니다. 그런데 산업화에만 신경을 썼지, 자연이 황폐해지는 것엔 관심조차 두지 않으니 당연한 일이라 하겠습니다.

인간이 겪는 재해로 인한 모든 고통은 인간 스스로에 의해서입니다. 자연을 함부로 여기고 보호를 소홀히 한 까닭이니까요.

자연은 정직한 어린아이와 같습니다. 자연을 보호하고 잘 가꾸면 자연은 한없는 은총을 베풀지만, 함부로 여기고 소홀히 하면 반드시 그 대가를 치르게 합니다. 자연을 더 이상 화나게 하지 말아야 합니다.

말은 그 사람이다

프랑스 박물학자 뷔퐁은 '글은 그 사람이다'라고 했습니다. 글에는 그 사람의 사상과 철학, 삶의 가치관이 들어 있기 때문입니다. 이는 말에서도 마찬가지입니다. 그 사람이 하는 말을 보면 인품과 됨됨이는 물론 그 사람의 인생관을 알 수 있으니까요. 말은 한 사람의 삶을 결정짓는 매우 중요한 '소통의 수단'이자 곧 '그 사람'인 것입니다.

같은 말도 어떻게 하느냐에 따라 상대방을 사로잡을 수도 있고, 상대방으로부터 외면받을 수도 있습니다. 상대방의 마음을 사로잡기 위해서는 어떻게 해야 할까요.

첫째, 진정성 넘치는 말로 마음의 교감을 넓혀야 합니다. 마음이 통한다는 것은 서로의 마음을 공유하는 것으로써 서로를 신뢰하게 하는 소통의 핵심요소입니다. 앤드루 카네기는 노동자 찰스 스왑을 발탁하여 책임자로 삼고 당시로는 천문학적인 백만 달러의 보너스를 때때로 지급하였습니다. 그 이유는 그가 사람들의 마음을 움직이는 데 천부적인 재능이 있음을 본 것입니다. 찰스 스왑은 진정성 넘치는 말로 근로자들과 따뜻하게 교감함으로써 독려를 하지 않으면서도 생산량을 끌어 올려 U.S 철강회사를 세계 최고로 만들었던 것입니다. 카네기가 최고의 경영자가 될 수 있었던 것은 그 역시 노동자인 찰스 스왑을 진정성 넘치는 말로, 인격적으로 존중함은 물론 능력의 가치를 인정함으로써 그의 마음을 샀기 때문입니다. 진정성 넘치는 말은 마음의 교감을 넓힘으로써 상대의 마음을 사는 데 큰 힘을 발휘합니다.

둘째, 따뜻한 말로 관심을 보여주어야 합니다. 따뜻한 한마디의 말은 상대의 마음을 향기로운 꽃이 되게 합니다. 미국의 제26대 대통령인 시어도어 루스벨트는 참모는 물론 그 가족에게도 깊은 관심을 보여준 것으로 유명합니다. 그는 참모인 제임스 E. 아모스의 부인이 메추라기에 대해 물었을 때 자세하게 설명해주었습니다. 그러던 어느 날 루스벨트는 전화를 걸어 아모스의 부인에게 창밖을 내다보라고 했습니다. 마침 밖에는 메추라기들이 있었던 것입니다. 길을 지나다 보고는 한 번도 메추라기를 본 적이 없는 아모스의 부인에게 전화해서 알려준 것이지요. 사소한 일에도 깊은 관심을 두는 루스벨트는 참모들은 물론 많은 사람으로부터 존경을 받았습니다.

셋째, 가장 멋진 말로 칭찬해야 합니다. 칭찬은 무형의 자산과 같습니다. 전설적인 테너 엔리코 카루소는 "너는 참 좋은 목소리를 가졌구나. 넌 최고의 테너가 될 거야."라는 스승의 칭찬을 듣고 노력한 끝에 최고의 테너가 되었습니다. 칭찬은 카루소에게 긍정적으로 작용하였던 것입니다. 칭찬은 긍정의 에너지를 뿜어내게 하고 무한한 능력을 발휘하게 합니다. 상대를 칭찬할 땐 가장 멋진 말로 칭찬하세요. 상대는 물론 자신에게도 긍정적으로 작용하니까요. 칭찬의 말은 '언어의 보석'입니다.

사람의 마음을 사는 것도 한마디 말이지만 사람의 마음을 단절시키는 것 또한 한마디 말입니다. 마음의 단절을 막기 위해서는 어떻게 하는 것이 좋을까요.

첫째, 비평의 말을 삼가야 합니다. 사람은 누구나 자신을 비평하는 것에 알레르기 반응을 일으킵니다. 특히 맹목적인 비평은 절대 금물입니다. 미국 국민들로부터 가장 존경받는 에이브러햄 링컨은 한때 비평하기를 좋아했습니다. 그런 그가 비평이 백해무익하다는 걸 알게 되었지요. 그는 아일랜드 출신의 정치가 제임스 쉴즈를 '얼빠진 정치가'라고 스프링필드의 지역신문을 통해 강하게 비판했습니다. 이에 화가 난 쉴즈는 링컨에게 자신에 대한 잘못된 비평에 대해 시정을 요구했지만, 링컨이 거절하자 도전장을 던졌습니다. 둘은 입회자가 지켜보는 가운데 총을 들고 마주 보며 섰습니다. 하지만 두 사람의 능력을 아끼던 입회자의 설득으로 가까스로 결투는 중단되었습니다. 링컨은 이 일을 계기로 맹목적인 비평이 얼마나 무익한 일인지를 뼛속 깊이 깨닫고는 비평 대신 칭찬과 격려로 일관하였습니다. 그러자 그를 칭송하는 사람들이 늘어나기 시작했고, 그는 인격자의 대명사가 됨으로써 미국 제16대 대통령이 될 수 있었습니다.

둘째, 함부로 말하기를 삼가야 합니다. 함부로 말하는 사람을 보면 아주 몰상식하고 개념이 없어 보입니다. 함부로 하는 말은 날카로운 화살과 같아 마음에 깊은 상처를 줍니다. 다친 상처는 아물면 그만이지만 말로 입은 상처는 오래갑니다. 아무리 좋은 직업 좋은 학벌을 지녔어도 함부로 말하는 사람은 상대할 가치를 느끼지 못하지요. 그래서 말을 조심해야 합니다.

셋째, 비아냥거리는 말은 절대 금물입니다. 비아냥거리는 말은 마치 깐죽대고 놀리는 말과 같이 들리지요. 그러다 보니 듣는 사람으로서는 심기가 불편하고 화가 치밀어 올라 공격하고 싶은 마음이 들게 됩니다. 그런 까닭에 준 것도 도로 빼앗고 싶게 만들지요. 비아냥거리는 말은 자신의 인격을 떨어뜨리는 비생산적인 말입니다.

돈 들이지 않고 사람의 마음을 끌어당기는 것 중 말보다 쉽고 좋은 것은 없습니다. 사람의 마음을 끌어당기기 위해서는 다음과 같은 자세가 필요합니다.

첫째, 상대방의 가치를 인정해주십시오. 가령 "내가 보기엔 자네 능력이라면 충분히 할 수 있다고 믿네.", "역시 당신의 선택이 옳았어." 이와 같은 말을 듣게 되면 상대는 스스로를 가치 있는 사람처럼 여기게 됩니다. 포드자동차 창업주인 헨리 포드는 직원들의 이름을 기억하고 만날 때마다 이름을 불러주며 기분 좋게 한마디씩 건넸습니다. 직원들은 자신의 가치를 인정받는 것 같은 마음에 회사를 자신의 몸처럼 아끼고 사랑하였지요. 그 결과 포드는 세계 최고의 자동차 회사가 되었습니다. 누구나 자신의 가치를 인정해주는 사람을 신뢰하고 좋아합니다. 상대의 가치를 인정하는 것은 곧 자신이 인정받는 비결입니다.

둘째, 감성을 자극하십시오. 대개 사람들은 감성에 약합니다. 아무리 무뚝뚝한 사람도 감성을 담아 말하면 먹혀들게 됩니다. "당신 목소리를 들으면 내 마음이 맑아지는 것 같아 참 좋아", "와, 오늘 당신은 목련보다도 더 화사한데!" 이런 말을 듣고도 기분 좋아하지 않을 사람은 없습니다. 때와 장소에 맞게 감성을 담아 말하는 센스는 자신을 돋보이게 하지요.

셋째, 유머를 활용하십시오. "울어도 눈물이 나오고 웃어도 눈물이 나온다. 그러나 웃어서 나오는 눈물로 눈이 발개지는 법은 없다." 이는 《탈무드》에 나오는 말로 유머의 중요성을 잘 알게 합니다. 유머는 삶을 매끄럽게 이어주는 청량제이자 막힌 삶을 뚫어주는 '소통의 굴착기'입니다. 또한, 유머는 관용에서 오는 '마음의 연금술'이지요. 상대의 닫힌 마음도 한마디의 유머로써 열 수 있습니다. 20세기 최고의 물리학자인 아인슈타인, 최고의 정신분석학자인 프로이트는 뛰어난 유머의 소유자로서 만나는 사람들에게 웃음을 선물했습니다. 그들이 자신의 인생을 최고로 만들 수 있었던 것은 뛰어난 능력에도 있지만, 유머가 함께 했음을 알 수 있습니다. 유머는 처세술로써 매우 효과적인 소통의 수단입니다. 누구를 만나든 즐거움을 주는 사람이 되십시오.

"물고기는 언제나 입으로 낚여진다. 사람 또한 입 때문에 걸려든다."

《탈무드》에 나오는 말입니다. 말 한마디 잘못 하면 평생 쌓아올린 인생의 공든 탑을 한순간에 무너뜨리지요. 그러나 따뜻한 말과 진정성 있는 말은 자신을 행복하고 축복되게 한답니다.

선행의 가치

선행은 자신의 존재가치를
환기시키는 일이다.

내가 이 땅에 있는 존재로서의 가치를
스스로 확인하는 행위인 것이다.
나아가 선행은 덕을 쌓는 일이다.

덕이란
한 인간의 내밀한 가치적 평가이다.

누군가의 생애에 의미가 된다는 것은

누군가의 가슴에 지워지지 않는
이름으로 남는다는 것은
참으로 싱그러운 축복입니다.

누군가의 기억 속에 향기 짙은
추억으로 기억된다는 것은
너무도 아름다운 은총입니다.

누군가의 눈동자에 맑은 이슬 같은
그리움으로 남는다는 것은
가슴 저미도록 깊고 아련한 사랑입니다.

누군가의 생애에
의미 있는 인생이 된다는 것은
진정 아름다운 미덕입니다.

삼청동 길을 걷다

서울에서 걷기 좋은 곳으로 삼청동 길을 빼놓을 수 없습니다. 삼청동 길은 과거와 현대가 조화롭게 어우러져 마치 이국의 거리를 걷는 듯합니다. 골목길엔 갖가지 옷가게와 액세서리 가게 등이 길게 줄지어 서 있고, 카페와 레스토랑 등이 곳곳에 있어 차를 마시거나 식사를 할 수 있어 언제든지 방문해도 좋습니다. 사랑하는 연인과 같이 걸어도 좋고, 머리가 희끗희끗한 나이든 부부가 걸어도 좋고, 젊은 부부가 걸어도 좋고, 친구들끼리 걸어도 좋고, 가족이 함께 걸어도 좋고, 단체로 걸어도 좋고, 홀로 걸어도 좋습니다.

골목길을 걷다 보면 한 편의 시가 생각나고, 저절로 노래를 흥얼흥얼 거리게 되고, 푸른 풀빛 같은 동심이 새록새록 피어나기도 하고, 동요가 생각나기도 합니다.

마음이 울적한 날이나, 마음이 달꽃 같이 환한 날, 부슬부슬 가랑비가 내리는 날이나, 나풀나풀 눈이 내리는 날, 낙엽이 사르르 소리를 내며 날리는 날이나, 첫사랑이 생각나는 날, 지나간 것들이 못 견디게 그립거나 사랑하고 싶은 날은 삼청동 길을 걸어보세요. 걸어 다니기만 해도 기분 좋아지는 길입니다.

악덕

작은 티를

떼어내며 알았다.

누군가의

삶에

무게를 지운다는 것은

지독한 악덕惡德이라는 것을.

아름다운 정직

어느 젊은 시인이 무명 시절
먹고 살기 위해 포르노 소설을 썼다고 했다.
그런 말을 공개적으로 할 수 있다는 것은
대단한 용기이자 꿋꿋한 의연함이다.
그것은 자신의 치부를 드러내는 것과 다름없기 때문이다.
빤히 다 아는 일도 아니라고 발뺌을 하고
변명이나 해대는 모사꾼 같은 이들에 비하면
얼마나 떳떳하고 명쾌한 정직인가.
자신의 부끄러움을 스스로 밝히는 시인의 입술이
매화꽃 향기처럼 가슴을 파고든다.
갖가지 변명과 거짓이 당연한 듯이 우글대는 정글에서
정직하게 말한다는 것은 자신에게
화살을 겨누는 것과 같다.
그러나 보라,
자신의 부끄러움을 밝히는 젊은 시인의 입술을,
정직해서 오히려 아름다운 그의 눈빛을.

희망,
그 풀빛 아름다움

희망은 참 좋은 말입니다. 아무리 듣고 또 들어도 자꾸만 듣고 싶은 말입니다. 희망이란 말은 어둠을 밝게 비추어 주는 가로등 같고, 추위를 녹여 주는 한 잔의 따뜻한 녹차와 같고, 가려운 곳을 긁어주는 사랑하는 사람 고운 손 같기도 하고, 목마를 때 목을 축이는 냉수처럼 우리가 살아가는 데에 꼭 필요한 말입니다.

우리에게 희망이 없다면 힘들고 어려운 일을 만날 때마다 앞으로 나아가는 데 두려움을 느끼게 되지만, 희망이 함께 하면 고통스럽고 외로워도 용기를 갖고 씩씩하게 나아갈 수 있습니다. 희망은 풍요로운 마음을 주고 따스한 눈길을 주게 하며, 다정한 마음이게 하고 남을 배려하는 마음까지도 갖게 만듭니다.

희망은 나이를 가리지 않습니다. 지위의 고하를 가리지도 않습니다. 많이 배우고 적게 배운 사람들을 차별하지 않습니다. 희망은 희망을 품고 앞으로 나아가기를 바라는 사람이라면 그가 누구든 기쁘게 다가가 손을 잡아 줍니다. 희망은 참으로 감사하고 고마운 인생의 기쁨입니다.

지금 우리는 36.5℃가 필요해

초판 1쇄 인쇄 · 2017년 9 월 29일
초판 1쇄 발행 · 2017년 10월 10일

• **지은이** 김옥림 • **펴낸이** 김순일 • **펴낸곳** 미래문화사 • **신고번호** 제2014-000151호
• **신고일자** 1976년 10월 19일 • **주소** 경기도 고양시 덕양구 삼송로 139번길 7-5, 1F
• **전화** 02-715-4507 / 02-713-6647 • **팩스** 02-713-4805 • **이메일** mirae715@hanmail.net
• **홈페이지** www.miraepub.co.kr • **블로그** blog.naver.com/miraepub • **ISBN** 978-89-7299-488-6 03810